COBALT-SERIES

コバルト名作シリーズ書き下ろしアンソロジー①

龍と指輪と探偵団

榎木洋子
高遠砂夜
響野夏菜
前田珠子

集英社

コバルト名作シリーズ書き下ろしアンソロジー①

龍と指輪と探偵団

目次

イラスト／後藤 星
榎木洋子
龍と魔法使い
龍の夢の花

フウキ国の〔七賢人〕に属する若きエリート魔法使い・タギと親友のレン。そして風龍の娘シェイラギーニ。冒険に出た3人が「緑星亭」で出逢ったある人物の「思い出の謎」とは？　そして3人が紐解いた「小さな恋の物語」とは……!?

「久しぶりの祖国はどうだねタギ」

爽《さわ》やかな秋の風のような声に、黒髪の魔法使いタギはふりむいた。

長身の美丈夫《びじょうぶ》がそこにいた。

初めて見たときから少しも変わらぬ美貌《びぼう》に温かなまなざしを持つ相手。人の姿をとったフウキ国の守龍《しゅりゅう》シェルローだ。

「ああ、あんま変わってねーな。街並みも人の雰囲気《ふんいき》も。懐かしいまんまだ」

「知り合いに挨拶《あいさつ》はしてきたのか？」

「ああ……いや。あいつらには会ってねー。ここに寄る前でも後でも、どんな顔していいかわかんねーからな」

「そうか。だがもっと頻繁《ひんぱん》に訪れればいい。きみの祖国だ」

「生まれた場所は違うぜ？」

「だが祖国だ。きみは私の風の中で育ったんだよ。私の守護する国の子どもだ」

タギは唇を噛《か》んだ。もう少しでみっともない顔を見せそうになったからだ。

ひとつ深呼吸をして、再び足元に目を向ける。

ここへ来てからずっと見つめていた人物。

暗く静かな洞穴《ほらあな》の中で、ここだけぽっかりと光に包まれている。

山肌にいくつか開いた穴から光が入り、魔法で導かれて集まっているのだ。

中心にあるのは水晶を含む岩の囲い。中には花に囲まれた寝台がひとつきり。

そして眠るのはたぐいまれなる黒髪の美女。

父親と同じ日に輝く金髪が、呪いによって黒く染まってしまった風龍《ふうりゅう》の娘。


シェイラギーニ。

タギの人生の一部。

運命の女神のもうひとり。


「まだ目覚める気配はないよ。長い長い眠りだ……きみの寿命《じゅみょう》が間に合うかどうか。娘との約束ならば気にせずともいい。人の時は短い」

「ああ。わかってる。けど、そういうわけにはいかねェんだシェルロー。約束しちまったからなあ」

眠るシェイラを見ながらタギは答えた。

敬愛するフウキ国の守龍《しゅりゅう》シェルロー。かれにはいつも見守られていた。

養い親が永遠の眠りについたとき、守龍の飛翔《ひしょう》を空に見て心が癒《いや》され、励《はげ》まされたのを昨日のことのように憶えている。この国を出ざるを得なくなった事件の時も、やはりかれは自分に暖かな風を送ってくれていた。ひとりの人間として、過分の計らいを受けたと思う。

その大恩ある守龍の娘を、こうして長い眠りにつかせる原因となったのは自分だ。

深く深く深く傷付けてしまった。

彼女は生まれた直後から自分と親密に過ごしすぎた。ほんの八歳程の子どもだったはずが、みる間に心を成長させて（まるで人間短い寿命にあわせるように）タギに持ってはならない思いを抱いてしまった。

恋をしたのだ。

龍が、人間に、恋をしてしまったのだ。

そして沢山の悲劇が起こり、シェイラは眠りについた。

彼女が眠る前にタギは言ったのだ。

「――その先の命を、一緒に生きよう」と。

シェイラの返答は「孫でも連れて起こしに来い」だった。あいにく、孫はいないが――。

できれば、目覚めたときそばにいたかった。

と、タギの口の端が持ち上がった。

「なあ、見ろよシェルロー。シェイラのやつ笑ってるぞ。夢でも見てるのかね」

「……娘はたいがい静かな顔で眠っているが、きみが来ていることが分かっているのかもしれない。たしかに、幸せそうな顔だ。楽しい頃の夢でもみているのだろう」

ベッドの傍らに立ち、シェルローは長く優美な指先で娘の頬《ほお》をなでた。

まさに父シェルローのいうとおり。

風龍の娘シェイラギーニは夢を見ていた。

懐かしく幸福な時代の夢を。

＊＊

「タギ、レン！　やっと見つけたぞ」

魔法使いの塔に可愛《かわい》らしい声を響かせ、シェイラは黒髪の魔法使いの背にえいっと飛びついた。

「ぬわぁぁぁぁぁ。うるっせえええええ！　このチビっ子め」

「だれがチビだ。わたしは────」

「いちいちその口上言うのやめろ。忘れてねぇっての」

龍の娘だぞと言う前に、シェイラの身体《からだ》はタギに小脇に抱えられた。

「忘れていなくとも、理解が足らないだろう、おまえは」

「理解してねーのはおまえの方だろ。ここは遊び場じゃねえ、俺たちの仕事場だ」

「知ってる。だから来たんだ、ここにならいると思って」

「おまえっ。仕事場と分かってて遊びに来るってのはどういう了見だ。そういうのは禁止されてんじゃねーのかよ」

「タギ、おまえはたまにすっごくバカだぞ。それにすっごく失礼だ。あと、下ろせ」

「ああ？　バカだの失礼だのおまえが言うか。おまえの親がシェルローじゃなきゃ、尻叩いて反省文書かせるとこだ」

「私の尻を叩く？　そんなことしたら父様に言い付けて、同じ目に遭《あ》わせるからなっ」

「はは。おまえシェルローの名をだせばオレが黙ると思ってんだろーが大間違いだ。オレは忙しいんだからなっ。とっとと帰れ」

「帰らないっ」

「シェイラ、おまえなあ」

「まあまあ、タギ。ここで言いあうこともないでしょう。私の部屋でお茶にしませんか。ちょうど来るところだったんですし」

　ここでようやくレンが口を挟んだ。金髪に優しい顔だちのタギの同僚でひとつ年下の十八歳。タギと同じくフウキ国の七賢人だ。

礼儀《れいぎ》正しく穏やかな性格のかれと、生意気を通り越して傲岸不遜《ごうがんふそん》、気にくわない奴はアヒルに変えると言い放つタギが、親しい友人というのは、魔法使いの塔の七不思議のひとつだった。

さて、レンの部屋に落ちつき、たっぷりのミルクと砂糖を入れてもらった紅茶を飲むと、シェイラは堂々と言った。

「今日はふたりをねぎらいに来てやったぞ」

ここで紅茶にむせなかったタギは少し偉い。単純に用心深く、まだ口をつけていなかったからだが。

「おまえ何言ってンだ?」

タギは呆《あき》れたが、シェイラはとりあわず、立ち上がると歌を歌い出した。

ぽかんと口を開けたまま、タギの抗議は打ち切られた。

シェイラのうつくしい歌声にそんな気が失せたのだ。

龍たちの声というのは総じて音楽的で、人間の耳に心地良い。

だが歌となるとさらに別格のすばらしさだった。

晴れた日に地面に落ちる木漏《こも》れ日《び》のようにきらきらとかがやく声。あるいは冬の夜の澄んだ星空にちかちかと光る星のような声。

心をつかまれ、胸に奥に響くような歌声だ。

シェイラの歌は故郷の草原と走る風を歌ったものだった。

目を閉じると本当に自分が青々とした草原のただ中に立ち、頬《ほお》に爽《さわ》やかな風を受け、そこに含まれ活力ある空気を胸いっぱいに吸いこんでいる気にさせた。身体から疲れが流れ出て癒されるのが分かった。

「こりゃ、おどろいた」

目を開けてタギはつぶやいた。

気がしたのでなく本当に身体から疲れが抜けていた。ここ数日激務が続き、怠《だる》さを感じていたのだが、いまやそれがすっかり消えていた。

レンも信じられないように自分の身体《からだ》を見下ろしている。

「効果あったか？　母様から習った癒《いや》しの調べだ。多用してはならないらしいが、人の身体を元気にしてくれる」

「ええ、身体が軽くなりましたよ。ありがとうございます、シェイラさん。私もタギも最近忙しくて、疲れを感じていたんです。これでもうしばらくは大丈夫そうです」

「……あのな、わたしが先週タギの家に行ったら、執事が出てきて、まだお帰りになりませんと三回も続けて言われたんだぞ。もう夜もうんと暗くなってるのにだ。最近ずっとそうだって聞いてきた」

「あー、そういや執事がおまえが何度も来てたって言ってたなぁ」

タギはソファーに背中を預け、のんびり背伸びをしながら言う。

「タギ、聞いていたのならなあ」

「許してあげてください、シェイラさん」

レンがとりなした。

「このところタギは大忙しなんですよ。他国からの使節団が見学にきたり、七賢人の共同研究が大詰めにきていたりと」

「それはタギだけじゃないだろ、レンもだ」身を反転させてシェイラは言った。「家に行ったら、毎日夜中まで帰って来ないと言われたぞ」

「私の家にも、来たのですか?」

レンが驚いて目をまるくする。

「そうだとも。家族が心配していた。顔色も悪いし食事も少しだし、こんな日が続いたら倒れてしまうって。タギの家の執事も同じことを言って心配してた。もちろん私も心配だ。なにしろ人間はか弱い生き物だからな」

「……か弱いって……。まあ、なんつーか」

タギとレンは苦笑した。

龍に比べれば、どんな生き物だとてか弱いだろうが、子どもの姿のシェイラにいわれるのは釈然としなかった。

「大丈夫ですよシェイラさん。ふたりとも多少無理はしていますが、仕事を持つ以上そういうときもあるんです。でも原因のひとつだった使節団は今日帰りましたし、来週からはまた元通りです」

「それならちゃんと説明しておいてやれ。家の者に心配をかけてはいけないだろう。未熟だぞ。けど、暇になるのは来週かあ」

シェイラは指折り数えてそれがあと四日あることを確かめ、眉根をよせた。

「だめだな、それじゃ間に合わない」

「間に合わないって、なにがですか?」

「人助けだ。それがあってずっとタギたちに会おうとしてたんだ」

「なんだそりゃ。人助けとかオレの仕事じゃねーよ。それに聞いた通り、来週まで仕事か山盛りだぜ。こっちが助けてもらいてーくれェだ」

「そうか、残念だな。……腕のいい魔法使いにしか解けない、宝の地図があるんだ。テオに頼んで、なんとかなるか……それとも七賢人のあの髭《ひげ》の長老に聞いてみるか……」

シェイラが腕組みをして思案顔でつぶやくと、タギが「待て、まて」とソファから身体を起こした。

今言ったどれも気にくわなかった。宝の地図が、ではなく、テオに頼むのや自分の上司でもあるイサ長老に頼むあたりがだ。宝探しについては……気に入るとまでは行かないが興味をそそられた。隣を見るとレンも顔に好奇心を浮かべている。

シェイラは難しい顔をしながらそれを見守り、胸中で「やった！」と叫んだ。すべて友人の歌姫ベラルダが授けてくれた知恵の通りだった。


いまから五日前。

シェイラは下町の人気酒場、緑星亭《りょくせいてい》にいた。ここの店主や有名な歌姫と、とある事件を切っ掛けに仲良くなっていたのだ。

そこで開店前にときどき遊びに来ては、歌姫ベラルダから流行歌（そこそこ品のいい）を習って一緒に歌っていたのだ。その時間は近所でも呼び物で、緑星亭の前にたたずんで耳を傾ける通行人や周辺の店の従業員たちも少なくない。

この五日前も店の周りに人だかりをつくってシェイラとベラルダが心地良く歌っていると、店内に見知った顔が入ってきた。ひょろりとした背格好で魔法使いの杖を持っている所まではタギと一緒の、この通りを受け持つ下級魔法使いテオだった。

「よおっす、いま偶然表でロッテさんに会ってさ。シェイラ嬢ちゃんに会いに来たんだって」

「こんにちはお嬢さん。いつも素敵な歌声を聞かせてくれてありがとう。これはお礼よ」

すっかり白髪になった眼鏡をかけた優しそうなおばあさんが、ニコニコと微笑《ほほえ》みシェイラにお菓子の詰まった籠《かご》を渡した。

「どうぞ、私ね、近所でこの焼き菓子を売っているの。いつも綺麗《きれい》な歌声をありがとう。そのお礼よ」

籠いっぱいに入れられた飾りの付いたクッキーやドライフルーツのケーキの山にシェイラは顔を輝かせた。

「わあ、ここのお菓子知ってるぞ。前にベラルダからもらった。すごーく美味《おい》しいんだ！　本当にこんなにもらっていいのか？　わたしは好きで歌ってるだけなのに」

「ええ、いいのよ。あなたの歌を聞きながら気持ちよくお菓子を焼くとね、いつもよりうんと上手に焼けるの。美味しくなるのよ。お客さんたちも喜んでくれるの」

「だったらわたしが歌った翌日はお店にお菓子を買い占《し》めにいかなけりゃな！」

オレンジピールがのぞくクッキーをさっそく一枚、ぱくりと食べてシェイラが言う。よほど好きなのか目元がにっこりとなる。

だがロッテおばあさんは微笑みながらも首を振った。

「ぜひねぇ、来てねと言いたいけど、それは叶いそうもないのよ。ごめんなさい」

「どうしてだ？」

「お店をたたむのよ。いろいろと立ちゆかなくなってしまって」

話を聞けば、長年店を続けているものの、建物の持ち主は別の人間で、毎月家賃を払っていたという。それ自体は問題なかったが、持ち主が先月亡くなり、その娘が建物を売ることとなった。とうぜんロッテが買い取れる額ではなく、新しい買い手はそこにお菓子の店よりももっと儲《もう》かる酒屋を開きたがった。この下町界隈《かいわい》では菓子よりも酒の方が買い手が多いのだから道理でもあった。

「他に近くではお店を開けないのか?」

「いろいろ捜してはみたけれど、前の持ち主は古馴染《ふるなじ》みでね、それは安く貸してもらっていたのよ。今時はあんな値段では貸してくれるところはないのねえ」

話を聞いて、テオや歌姫ベラルダ、奥から出てきた緑星亭の亭主も残念がった。皆もう何年も彼女の店の焼き菓子を口にしているのだ。

「この店で歌い出す前から食べていたもの、寂しくなるわ」

「それどころか、あたしの子どもの頃からロッテさんはお菓子を売っていたからね。店は同じじゃないけど、よく母に買いに行かされたもんさ」

「オレもオレも、たまに甘いもん食いたくなると、やっぱロッテさんちのケーキを買いに行ってたなあ」

三人がそれぞれ思い出話をすると、ロッテも皆のことをもちろん憶えていると、嬉しそうに微笑んだ。

シェイラはその後住まいに帰ると、母親やフウキの守龍である父にその日あったことを話し、土産《みやげ》の焼き菓子も食べてもらった。両親も、一緒にいた弟妹たちも皆ロッテの焼き菓子を絶賛した。

翌日、シェイラはある考えを胸に下町へ行き、緑星亭は素通りしてロッテの店へと行った。午前の早い時間で、店はまだ開いていなかったが、中からはお決まりのお菓子を焼く良い匂《にお》いがただよってきていた。

「おはよう、ロッテ。昨日はありがとう。家族みんなで美味《おい》しいっていいながら食べたんだ」

ドアを叩いて中から出て来たロッテに、カゴを差し出しながら言う。

「まあ、それはよかったわ。カゴを返しに来たの？　そんなのよかったのよ」

「ううん、返しに来たんじゃないんだ。またカゴいっぱいにしてもらおうと思って。美味しかったから、母様が注文してくれたんだ。お世話になってる人にあげたいからって」

「あら」

「それからわたしも世話になってる……している、かな。食べさせたい人がいるんだ。そんなに注文しても平気か？」

「あらあらまあまあ。もちろんよ。大歓迎だわ。昨日のお菓子もいいけれど他にも種類があるのよ。お昼のお店が開く頃にもう一度来てもらえたら、全部の味見ができるわよ」

「うん。そのことなんだけど、実は早く来たのにはわけがあるんだ」

「まあ、なにかしら」

「歌を歌いにきた。わたしの歌で美味しくなったやつを持って行きたいんだ。えーと、どこで歌えばいいかな？」

ドアの開いた向こう、かまどのある調理場をのぞきながらシェイラはにっこりと微笑んだ。

シェイラの計画はこうだった。

自分の歌でより美味しくなったクッキーやケーキを、母親のお世話になっている人に食べてもらい、気に入ったなら雇ってもらえないか聞くつもりだった。

なぜ雇うに繋《つな》がるかというと、母親のお世話になっている人とは、実は夫の風龍が親愛を誓ったフウキ王家の次期女王イルノジアンだったからだ。すでに夫と子どもを持つイルノジアンは賢君と名高いが、美味しいお菓子が大好きなのだ。

そして自分が世話をしている相手とは、もちろん魔法使いタギやレンのことだ。龍の身としてはどうしたって人間を世話している、となるのだ。

タギとレンはシェイラの保険だった。ロッテおばあさんのお菓子をもしイルノジアン女王に気に入らなくとも、タギとレンが気に入ったならなにかうまい知恵を貸してくれるだろうと。

その日、ロッテおばあさんの菓子店からは、いつものあまい香りと共になんとも心地良い歌声が通りに流れ出ていた。


「で、宝の地図の話はどこに出てくるんだよ。要点だけ話せ。こっちは忙しい身だっつってんだろ」

レンの応接室で主さながらに偉そうにソファーに座りながらタギが言った。

「まあ、待て。急《せ》かすな、話はここからなんだ」

「ここからもなにも、だいたい分かってる。そのばあさんを助けるために、宝の地図がどっから出てくんだろ？」

「もちろんそうだともタギ。じゃなかったら面白くないじゃないか。この事件はめったにないくらいのふしぎなことなんだぞ」

「ふしぎ？　どこが」

「ここからがだ。いま話すから待ってろ。ともかく私の歌が重要だったんだ」

シェイラは主導権を持っていることに少し得意になって、タギをいなして話を続けた。


ロッテおばあさんの店は、緑星亭のある華やかな通りの一本向こうの奥まった路地にあった。店舗と住宅が半々に並ぶ中、よく目をこらさなければ店があると分からないくらい、小さな入口と看板があるきりだ。しかし前を通ればだれもがおやという顔をする。甘くて美味《おい》しそうな香りがいつもただよっていたからだ。

そして今日は開店前から店の前に人が立ち止まっては鼻と耳を利《き》かせた。

準備中の札のかかった店の中から、甘くて美味しそうな匂いとともに、楽しくうつくしい歌声が聞こえてきたのだ。

シェイラの歌声だった。

ベラルダに習った流行歌を歌ったり、フウキに古くから伝わる子守唄や子どもの遊び唄を途切れることなく歌い続けていた。

「ほんとうにきれいな声ねえ。聞いていると元気が出てきて、お菓子を作る手がどんどん捗《はかど》りますよ」

小さな調理場の中で、ロッテおばあさんは忙しく立ち働いていた。

調理場はちょうどタギやレンの使う塔の中の仕事場と同じくらいの広さで、かまどと材料を入れた戸棚とひろい調理台を置くと、歩き回れる隙間《すきま》はあまり残されていなかった。壁にはたくさんのメニューとレシピの覚え書きやお菓子の外見の描かれた紙が貼られて、それを見ているだけでもわくわくした。

室内はお菓子を焼く為だけにあつらえた作りだったが、そのなかでひとつだけ違う物があった。

壁に飾られた肖像画だ。

若い女性を描いたもので、それが在りし日のロッテおばあさんだとシェイラはすぐに気付いた。なにしろ優しそうな目が少しも変わっていない。

それらの見守るなかでロッテおばあさんはくるくると踊るように働き、粉をこね、型抜きし、フルーツやナッツを混ぜた生地をかまどの中に入れる。入れ違いに出した鉄板を台の上にのせて、出来上がりに満足げにうなずくと冷めるまで置いておく。熱いうちに触ると形が崩れてしまうのだとシェイラは教えてもらった。

「それにしても沢山《たくさん》焼くんだなあ」

数えているだけでシェイラが来てからもう二十枚分の鉄板をかまどに入れている。おかげで調理場の中はかなり暑いが、ロッテおばあさんは少しも苦にならないらしく、シェイラの歌に合わせてハミングまでしながら作業をこなしている。とても楽しそうだ。

「ええ、そうね。お店を閉めることを張り紙にしたら、急にお客さんが増えてねえ。みんな昔食べた味を懐かしがってくれるのね。何年ぶりかで買いに来てくれた人もいるのよ」

「ふぅん……。みんなロッテおばあさんのクッキーやケーキが大好きなんだな。やっぱり続けられたらいいのに」

「そうねえ、なんとかできたらと思ったけど、この町では無理ね。甥《おい》っ子夫婦のいる町へ引っ越して、そこでお菓子作りを教えてもいいわ。前から一緒に暮らさないかと誘ってくれているのよ。一人暮らしのおばあちゃんは心配なんですって」

「ロッテおばあさんに子供はいないのか?」

あらかたのクッキーを焼き終わり、お茶と焼きたてのクッキーを振る舞われて開店前の一休みをしている最中にシェイラは聞いた。

ロッテおばあさんはふっと手を止めたのち、いいえと首をふった。

「いないのよ。結婚もしなかったの。そういうのに縁がなかったのね」

「こんな美味《おい》しいクッキーを作れるのに?」

「……そうねぇ、私の焼くお菓子が世界一だって言ってくれた人はいたけれどね」

眼鏡の奥の目が昔を思い出すようにどこか遠くを見る。

シェイラはそんなロッテおばあさんの向こう側、調理場の壁をちらちらと見て、思い切って尋ねた。

「後ろの壁に掛かっている絵。あれはどうしたんだ?　すごくふしぎだ」

実はシェイラは午前中ずっと歌を歌いながらあることに気付いていた。

調理場の中に自分の歌声に共鳴するものがあったのだ。

(なんだろう?　魔法の力が使われてるみたいだ。鳥の歌声だ。……いやカエルの歌声かな)

なんともとらえどころのない、けれどしっかりと魔法の匂いのするなにかが、この調理場にあった。

シェイラが注意深く見ていたので、料理の道具でないのは確かだ。もちろん材料でもない。

それはシェイラが歌うと共鳴し、やめると沈黙した。

それが何かは程なく分かった。このお菓子を作ることだけに作られた調理場で、唯一仲間はずれなもの。

壁に飾られたロッテおばあさんの肖像画だった。

「なあ、あの肖像画は、ロッテおばあさんが若いときのモノだろう?　だれかのプレゼント?」

するとロッテおばあさんは後ろをふり返り、シェイラにうなずいてみせた。

「ずいぶん勘がいいね。そうよあれがそうなの。私のお菓子を世界一だって言ってくれた人が贈ってくれたのよ」

「画家だったのか」

「いいえ、画家ではなかったわ」

ロッテおばあさんは壁から肖像画をはずして持って来た。

「実はねえ、魔法使いだったのよ」

「ええっ⁉」

「仕事でね、どうしても遠くの国へ行かなくちゃならなくて、その前にこの絵を描いて贈ってくれたのよ。お守りになるから、困ったときは見るといいって」

「それで、その人はそのあとどうしたんだ？」

ロッテおばあさんは首をふった。

「さあ、どうしているかしら。旅立ってしまったあとは二度と会えなかったのよ」

シェイラは肖像画を見つめた。黒い髪に優しい目の、若き日のロッテに笑いかけながら、そっと歌ってみた。

すると確かに手の中で振動が感じられ、小鳥と蛙《かえる》の合わさった鳴き声が聞こえた。

「まあ、いまのはなあに？　鳥が紛《まぎ》れ込んだのかしら」

今度はロッテおばあさんにも聞こえたようだった。

シェイラは絵をひっくり返して裏の留め金を外した。

するとまるでそれを待ちかねていたかのように、額の裏にはめられた板がポンと外れた。そして絵の裏に貼り付くように挟まれていた紙をシェイラは見つけた。

「それがこの地図だ」

シェイラは意気揚々《ようよう》と連の仕事部屋の机に持って来ていた古い紙をおいた。

四つ折りにたたまれたそれに手をのばしたものの、タギは触る前に聞いた。

「まてよ、そのばあさん、なんで今まで紙に気付かなかったんだ」

「簡単だ。開けてみなかったからだ。ロッテおばあさんは絵を見るだけで、元気が出てきて、若い頃の自分に恥ずかしくないようにって頑張れたらしい」

「それはなんとも……立派な人ですね」

「伝言の仕方が間違ってるだろ、その魔法使い。使えねーな。どーせ下《した》っ端《ぱ》だろ」

魔法使いたちがそれぞれ言った。とうぜん前がレンで後ろがタギだ。

ただ、悪態をつきながらもタギは手をのばし、四つ折りにされた紙を丁寧《ていねい》にひろげた。

「へえ、こいつは……」

「フウキの首都、この近くの地図ですね」

タギの後ろからレンものぞきこむ。

「変わった地図ですね……」

「ああ。明らかに魔法わざが組み込まれているな。それもけっこう手がこんでる」

シェイラは何も言わずにふたりが地図を調べるにまかせた。

「このふたつの文章、なんでしょうね」

1．早朝の気高き光に応えるは金の満月。
2．偽りの夜に鳴く鳥は偽りの森に住む。

地図の中に1番、2番、と番号が書き込まれ、その余白にはこのふたつの文章が、角ばった筆跡で書かれていた。

「謎かけか……。待てよレン、番号はふられてねェが、地図には他にも印だけ書き込まれてるのもあるぜ」

「そうですね。それに、文章がふたつだけでは、この地図のどこに宝が隠されているのか分からないし……。シェイラさん、これが宝の地図とどうして分かったのですか？」

「ああ、簡単だ。ロッテおばあさんにその魔法使いが言ってたからだ。お守りは、宝物を持ってくるって。困ったときに見て欲しいって」

「でもそれだけじゃ、これが本当に宝の地図かどうかわかんねーだろ。それに魔法使いにしか解けねェってんなら、そもそものばあさんに渡す意味ねェじゃねーか。それともそのばあさん、実は魔法使いだったとかか？」

タギが用心深くというよりも天《あま》の邪鬼《じゃく》さを発揮して言う。

「それはない。ロッテおばあさんに魔法は使えない。お菓子は魔法みたいに美味《お》しいけど。だから、そこのところは私にも分からないけど、魔法使いじゃないと解けないのは確かだ。タギ、地図をテーブルに戻してみろ。しばらく触らないでいるんだ」

タギはいぶかしげに思いつつ言われた通りにした。すると地図は白紙に戻ってしまった。

「へえ……こいつは……確かに手がこんでる」

再びタギがふれると地図は先程の町の図や文字を瞬く間に浮き上がらせた。

「な、ともかく魔法使いにしか解けないんだ。どうだ、やってくれないかタギ。もし宝物が出てきたら、それをお金にしてロッテおばあさんに店を続けさせたいんだ」

シェイラが真剣な顔でタギとレンを見る。

タギはしばらくあーとかうーとか唸《うな》り、なかなか返答しなかった。

「言っておくがタギ、それからレン。ふたりとももう報酬《ほうしゅう》の半分は受けとっているぞ」

「なんだって？」

「昨日か一昨日、家でケーキを食べなかったか？　ドライフルーツをいっぱいに入れたケーキと、オレンジの輪切りののったケーキだ。美味しく食べていたって聞いてるぞ？」

　タギもレンも思い当たる事があったようで、あっと声を上げた。

「残りの報酬は、もっと美味しい秘密のお客さんにしか出さないケーキとクッキーだ。私は食べてきたがすごくすごーく美味しかったぞ」

　シェイラはだめ押しをしてみた。

　タギとレンは顔を見合わせ、やれやれとため息をついた。

「わーったよ。手伝ってやるよ。来週で遅いなら、今週中にこの地図の謎を全部ときゃーいいんだろ？」

「わたしも協力しますよ」

「やった！　そう来なくっちゃだ。ありがとうふたりとも！」

　シェイラはその場でぴょんと跳び上がり、タギの首に抱きついた。

＊　＊

　半時間後、シェイラは魔法使いの塔を出て下町へ向かっていた。

無事タギたちを巻き込めたことをロッテおばあさんに報告しにいくためと、地図の番号のついている一番が同じ界隈《かいわい》にあったためだ。ただし塔から出てきたのはシェイラだけではなかった。

「なあ、レン。このあたりってどこだか知ってるか？」

「下町のこまごました通りですよね。塔から持って来た地図には焼き物通りと書いてあります」

タギが聞いてレンが答える。このふたりもついてきたのだ。

宝探しを始めるのはてっきり今日の夕方からと思っていたシェイラは、仕事が忙しいんじゃないのかと目を丸くしたが、

「昨日までイサのじーさんの言いつけに従ってやってたんだ、そろそろ不良賢人に戻らねぇとなあ」

タギは悪びれもせずに答えた。

「使節団の相手をして気疲れしてるんですよね。若い七賢人の噂《うわさ》はけっこう広まっているようですから」

「それをいったらおまえもだろーが。外に出た途端元気な顔になってってぞ」

「そうですかね。元気になったのはシェイラさんの歌を聞いてからですよ。ありがとうございました。そのお礼に、一刻も早く、謎を解かないといけませんね」

「ありがとう、レン。タギもな」

シェイラはふたりの間にはいって、どちらとも手をつないだ。

「印によるとこの辺りか……」

三人は橋をいくつか渡り、下町へくると魔法の地図と普通の地図を見比べた。

ロッテおばあさんに挨拶《あいさつ》に行く前に、とりあえず印の所に来てみたのだ。

ここいらは小さな広場を中心にして、雑貨屋や食器店が多く並んでいた。古くからの商業地区だ。

だがよく見ればふたつの地図は、こまごまとようすがちがっていた。走る道は同じだが、広場が増えていたりへっていたり、建物が違っていたりだ。

「なあ、この地図をばあさんがもらったのって何十年も昔だよな」

「うん。たしか四十年前って言ってた」

シェイラは当然だが、タギもレンも生まれる遥《はる》か前の話だ。

「そんじゃようすが違ってて当たり前か。いや、下手《へた》したらこのヒントの場所がなくなってたりするかもな」

「残っていることを祈ります。昔の地図の道がここなら、広場が大きくなってますが、印はこの先じゃないですかね」

といってレンが顔を上げて指さした先には、古びた大きな建物があった。

「どうやらこの界隈《かいわい》の集会所みてェだな」

扉を開けて中に入りタギが言った。外と中の明るさの差に目が慣れてくると、大きなホールの中に横に長い椅子《いす》がずらりと並んでいた。

「新しい建物ではないようですね。だれかに建物が何時《いつ》できたか聞きましょう」

周囲を見回してレンが言う。シェイラもキョロキョロと見回したが、それは壁ではなく、入ってすぐに目に付いた床の色とりどりのモザイク模様だった。

「わあ、きれいだ……」

本当のモザイクではなくて、窓から差しこむ光でできた模様だ。

ふり仰いで見てみると、窓はすべて色の付いたガラスがはめ込まれていた。

そして間近で見学させるためか手すりのついた廊下が外周をぐるりと囲っていた。

「ええと、なんて言うんだっけ、これ。たしか……」

「ステンドグラスよ」

うしろで声がした。

ふり返ると隅の椅子からだれか立ち上がってこちらへ来ていた。

「この通りにはガラス工芸店が多かったでしょ。有名なのよ。窓のガラスはみんな近所の店が寄付したものなの」

綺麗《きれい》な声の女の人だった。

ほっそりとした身体に長く豊かな波うつ黒髪をしており、ちょっとゼルダ姫に似ていると思った。もちろん王家の姫たるゼルダ姫のはずがない。何故なら彼女は……ともかく今ここにいるはずないのだ。

タギたちを見ると、ふたりは初老の男をつかまえて向こうの隅で話をしていた。こちらに気付くようすはない。

「こんにちは。ここの人か？」

「ここの人が、なにかによるわね。あなたが町の外や国外から来た人なら、私はここの人になるし、もしこの集会場の責任者かと聞いているなら、それは違うと答えるほかないわ。でもこのことをよく知っている人よ」

シェイラは目をぱちくりとさせたあと、クスッと笑った。

「なんだか、なぞなぞみたいな答えだ。そうだ。ここのことをよく知ってるなら、この意味は分かるか？『早朝の気高き光に応えるは金の満月』。早朝なのに満月っておかしいけど、この場所に答えがあるはずなんだ」

「そうねえ……私だったら金色ってところに注目するかしら。ここには沢山のステンドグラスがはめられているし」

「ステンドグラスの絵か⁉」

シェイラはもう一度窓を見あげて、そのなかに満月がないか捜した。だがステンドグラスの絵は花や人の姿はあっても月はなかった。ちなみに風龍の飛翔《ひしょう》する姿はちゃんとあって、シェイラは少し得意になった。

「だめだ、月はない。満月どころか三日月もない」

「あなたは最初に何を見ていたかしら。ここに入った人はまずあなたのように、床に落ちたうつくしい彩《いろど》りに目を奪われるのよ」

「床……」

「そう、床よ。そして早朝なら光はどちらから来るか、考えれば分かるわ」

「朝は東から光が来るだろ。あっちの方角から光が来るってことは、床には……」

シェイラは窓と床を交互に見ながら歩き、おやっと首を傾《かし》げる場所を見つけた。床にうっすらと円い光が散らばって見えたのだ。ただし色は赤や青や緑だった。

上を見あげると鉢《はち》に盛られた果物や、そのとなりの花の模様のせいだった。黄色のガラスはない。そう思ったが……。

「あっ、ここだけ黄色くなってる。なんでだ？」

上を見あげると赤いドレスの女性のステンドグラスがあり、その手前の手すりにも色の付いたガラスがはめられていた。その色は……。

「緑色だ！　重なってる部分が黄色に見えるんだ。ひょっとしてこれのことを——」

シェイラがふり返るといつの間にか女性は消えていた。

「あれ……どこにいったんだろう」

部屋の中を見回しても見付からない。自分が床の光に夢中になっている間に出て行ったのだろうか。首を傾げながらもシェイラはタギたちに近よっていった。

「おう、シェイラ。やっぱこの建物な、四十年前から建ってたってよ」

「しかも一度も改装もなく、そのままに保たれているそうです」

「ってことはだ。この地図も有効。作った奴の残した物がいまもあるってことだ。それで、なんだ、朝に満月だっけか……」

タギはうーんと唸《うな》った。

「この条件に合致《がっち》する日は年に何回だ？　しかも窓全部に色ガラスが入ってっから、月は見えねーし。やっぱ本物の月じゃないものを示してるよな」

「ええ。次の文もそれこそ謎かけ文ですし、こちらもそうとらえていいでしょう」

「となるとはっきりしてンのは、早朝と金と月か」

「この三つの言葉が鍵ですね。早朝、日の出、変化。夜から朝へ、明るくなります」

「それかズバリ東の方角か。金はなんだ。貴重な物、宝」

「こちらも光かもしれないですね。月はなんでしょう」

「窓の模様にゃねェな。けどこの辺りが怪しいよな」

「金色というか、黄色の色が付いた箇所《かしょ》も少ないですね」

タギとレンがぽんぽんと言葉を交わし合う。魔法の地図の謎解きが楽しくなっている証拠だ。

シェイラはおもむろにふたりの間にはいって言った。

「そのことなんだがな、タギ、レン。ここの謎なら、もうわたしが解いたぞ」

「なんだって？　おまえ、もう分かっちまったのか」

「いったいなんですか？」

「簡単だ、上を見たり下を見たりでわかる。とくにここのことか」

タギとレンは揃《そろ》ってシェイラの指さす通り、上を見あげ、それから床を見た。

ふたりして同時に声をあげた。

「窓じゃなく、こっちか！　床におちたステンドグラスの色」

「合わさって黄色になってます。これで満月のように円《まる》いものがあれば……。いえ、待って下さいタギ」

共に床に目をこらしだしたタギにレンが別の方角の窓を見る。

「東ですよ。朝日の昇る方角。そちらから光が当たったときに出来る黄色い円じゃないんですか？」

「それだな。昼の日差しの角度じゃねえ」

「明日の朝、もう一度来ますか？」

するとタギは不敵に笑った。

「何言ってんだレン、俺たちは魔法使いだぞ。太陽くらい昇らせりゃいーじゃねェか？」

結果を言うと、太陽は昇らなかった。

代わりに魔法の光球のかなり大きく強いものをつくり、建物東の窓の外へ浮かべたのだ。

当然、近所の人々がなにごとかと集会所へやって来たが、タギは七賢人の名前を出し、魔法使いの塔の調査だとつっぱねて、ついでにその間はホールに立ち入らないように言った。

「こういうときは便利だよな七賢人ってのは」

悪びれず言うタギにシェイラは難しい顔でうなり、レンはあとでイサ長老に説明がいるかなとぼやいた。

さて、外の光球の浮かぶ角度を少しずつ変えていき、タギたちは床に黄色い円が出来るか確かめた。三度目の調整でそれは見つかった。完璧な円が東側の床の上に落ちたのだ。ちなみにステンドグラスは窓に緑の草原、手前の手すりに林檎《りんご》の模様がついていた。

「円の真ん中に、床板の切れ目があるな」

「違うぞタギ、ちゃんと満月の真ん中にって言わないとだめだろう」

「あー、はいはい。満月の真ん中な」

シェイラにおざなりに答えて、タギはその場にひざまずくと床板に指をはわせた。

「ん、板が動くな」

端を押して板を外すと、下にくぼみがありその中に小箱がおさめられていた。手の平に載るくらいの大きさで、けっこう厚みがある。周りには色あせてはいるが沢山《たくさん》の動物や月、星などの絵が描かれていた。

「へえ、ほんとにお宝が隠されてたってことか。すげえな」

「信じてなかったのかタギ」

「だってよ、話が出来すぎだろ」

反論しながらタギが小箱を開けようとする。シェイラは慌てて止めた。

「ダメだタギ。それを開けるのはロッテおばあさんだぞ！」

「ああ、そっか。けどこれ、開かねぇ。鍵《かぎ》がかかってる。鍵穴なんかどこにあるんだ？」

ふたから手を離し、タギは小箱をあちこち見てひっくり返した。

レンとシェイラもどれどれと小箱を見つめる。三人とも床にしゃがみ、額をくっつき合わせている。端《はた》から見ればこっけいだったがもちろん当人たちは真剣だった。


「——というわけで箱は見付かったんだけど、開かないんだ」

半時間後、シェイラはタギたちと共にロッテおばあさんの店を訪ね、タギたちを紹介した後で見つけた箱をションボリとさしだした。

ところが箱を見るなりロッテおばあさんは大喜びをした。

「まあまあまあ！　懐かしいのものを見つけてくれたのね！　その箱はね、もともと私が持っていてあの魔法使いさんに差し上げたものなのよ。これは一体どこで見つけたの？　私にはさっぱり意味が分からなかったわ、あの地図。それで見つけてしまうなんて、あなた方ほんとうにすごいわ」

「昔持ってたってことは、これの開け方も分かるのか？」

「ええシェイラちゃん、もちろん。貸してちょうだい。これはカラクリ箱と言ってね、箱の隅をちょっとずつ動かして開けるものなの」

そう言うと「憶えているかしら」口をすぼめつつ、ロッテおばあさんは器用に手早く、箱のあちこちをちょんちょんとずらし、あっという間に箱を開けてしまった。

タギたちは目を丸くして驚いた。

「すげぇ仕掛けだな。いま十回くらい動かしたよな」

「同じ所も二回ずらしてましたよ」

「お若い方はこういうのは見たことがないかしらね。昔流行《はや》っていたのよ」

「それでそれで、中には何が入ってたんだ？」

シェイラが興奮して聞く。

ロッテおばあさんが調理場の小さなテーブルの上に出したのは、柔らかい革袋と鍵《かぎ》だった。袋を開けてロッテおばあさんはもう一度「まあ！」と声をあげた。中から真珠《しんじゅ》のついたイヤリングが出てきたのだ。それもかなりの大粒で、一目で高価なものとしれた。

もちろん中身を見て一番驚いたのはロッテおばあさんだった。

「どうしてこんなものを入れていたのかしら、あの人。しまっていたのを忘れてしまったのかしら」

タギたち三人はそろって「それはない」と首を振った。

「あなたへのプレゼントですよ。だからあなたにしか開けられない箱にいれたんでしょう」

「レンのいうとおりだ。きっとその魔法使いは恥ずかしがりだったんだ。そうだ、どんな人だったんだ?」

レンにつづけてシェイラが興味津々《しんしん》で言った。

「どんなと言われても、普通の人よ。お菓子が好きな」

「名前はなんというのですか?」

「それがねえ、知らないのよ。いつもオレンジピールの入ったパウンドケーキを買っていくから、ないしょでピールさんって呼んでたわね」

「ピールさんかあ。それでそれで? 毎日買いに来てたのか?」

「おい、おまえたち、宝の地図にはもう一ヶ所しるしがあるぞ、忘れたのか。じゃなきゃ鍵がはいってるはずがない」

タギはイヤリングやそれを隠した恥ずかしがりの魔法使いの正体よりも、次の謎に興味が移っていた。

三人はロッテおばあさんのお菓子に舌鼓《したつづみ》を打ちながら、焼き物通りの集会ホールで小箱を見つけた経緯を話し、つづけて第二の謎について質問した。

「こっちは今の地図と見比べてもさっぱりなんだ。通りや建物の配置が変わっちまってる。昔この辺りに何があったか、憶えてないか？」

タギが尋ねるとロッテおばあさんはしばらく考えてから頭を振った。

「憶えてないわ。フウキのこの辺りには滅多に行ったことがないの。でも華やかな表通りだったわよ」

「そうか。じゃあこっちのは昔の地図を当たってみるか……」

タギが考えつつオレンジピールの入ったクッキーを口に入れる。すぐに「旨《うま》い」と驚いたような顔になる。ロッテおばあさんはにっこりとした。

「ありがとう。あの人も最初に私のお菓子を食べたときにびっくりした顔で美味しいって言ってくれてたわ。似てるみたい」

その後、タギたちは慌ただしく店を後にした。午後から人と約束のあったことを思いだしたのだ。

土産のお菓子を抱えて急いで魔法使いの塔へ戻ると、間の悪いことに入口でイサ長老と鉢合《はちあ》わせた。

「こっ、こりゃタギ！　おまえはまた仕事をほっぽって無断で抜けだしおって。しかもお客人を待たせるとはなにごとだっ！　レンもレンじゃ。いちいちこの不良に付き合うことはないっ」

自慢の顎髭《あごひげ》を震わせながら七賢人の長老イサが怒鳴る。うるさいのに見付かったとタギは首をすくめた。

「わかってる、だから急いで戻って来たんだ。いっとくが、ただ抜けだしてさぼってたんじゃねェぞ。このちっこいのから用事を頼まれたんだ」

「ちっこいのとはどういうことだ！」

タギの後ろからひょいと顔を出したシェイラが発言者の足を蹴《け》る。

「いってえな、ちっこいだろーが！」

「馬鹿にしたように言うからだ。おまえだって子どものころは小さかったろう」

賑《にぎ》やかに言い合いを始めたふたりに、イサは唸《うな》りながらも小言《こごと》を引っ込めた。シェイラが守龍の娘であること知っているからだ。タギは蹴られた足をさすりながらも、よし黙らせたと内心ほくそ笑んだが、ふと思いついて尋ねた。

「なあイサのじーさん。四十年前のフウキの表通りのようすって憶えてるか？　今の噴水広場のあたりって何があった」

「なんじゃ藪《やぶ》から棒《ぼう》に。四十年前？　フン、その頃も今と変わらん。人が大勢いて、守龍がいて、目抜き通りには店がいっぱいにならんどった。それがどうした」

「いやべつに。そうだ、これ土産《みやげ》にもらったんだ。じーさんにやるよ」

「すっごく美味しいんだぞ。母様も贔屓《ひいき》にするほどだ」

タギはもらってきたお菓子を袋から無造作につかむとイサに押しつけ、あとも見ずに自分の仕事部屋を目指した。背中にイサ長老の「菓子を買いに行っていたのか！」という怒鳴り声も当然無視した。

「悪い、遅くなったエバンス公」

「やれやれ、忘れられているかと思ったよタギ」

タギ専用に仕事部屋に待っていたのはフウキの大貴族エバンス公爵だった。独身で男前で頭も切れて、国民からも貴族の娘たちからも絶大な人気を誇る伊達男《だておとこ》だ。

「私の時間も無限ではないのでね。……ずいぶん甘い匂《にお》いさせているな。なるほど、龍の姫と一緒だったか」

タギの後ろからついてきた小さな姿を見て目元を和ませる。かれもシェイラの正体を知るひとりだ。

「そう、こいつ絡みで、ちっとな」

「ならば仕方がないか。なにかやっかいごとかね」

「厄介《やっかい》しか持ち込まねーよ」

「なんだと？　面白がってるじゃないか。こんにちはエバンス公。元気そうで何よりだ」

「ご機嫌麗《うるわ》しく龍の姫。……なんです？」

エバンス公はぽんと手渡された包みを見て首を傾げた。

「お裾分《すそわ》けだ！　最近母様と一緒に贔屓《ひいき》にしている店の焼き菓子なんだ」

「それはそれは、店主も光栄に思うでしょうね」

「もちろんわたしが風龍なのは秘密だけどな」

「はいはい、宣伝お疲れさん、これから仕事の話をすんだから、おまえはレンのところに行ってろよ」

「そうだった。でもタギ、エバンス公に聞いてみないか？　昔の広場に何があったか」

「広場？　何の話だね。面白いなら私もぜひ混ざりたいね」

「あんたが面白れえっつーとなんでかきな臭くなるな。そういうんじゃねェよ。地道な人助けだ」

「宝探しなんだ！　それもなぞなぞみたいな」

タギが誤魔化《ごまか》そうとしたが、シェイラがぽんと言い放った。エバンス公は目をきらりとさせて「詳しく聞こうか」とテーブルに身を乗り出し、おかげでタギは事の顚末《てんまつ》をきっちり話すはめとなった。

「そんなわけでな、これが問題の地図だ。四十年前にこの辺りに何があったか知ってるか？」

エバンス公はふうむと考えこんだ。

「念のため言っておくが、私の生まれる前だ」

「や、そりゃ分かってるよ。けど物知りのあんたならなんか知ってるかと思って」

そういわれてはエバンス公も悪い気はしなかった。再び新旧の地図を見比べる。

「再開発をしたと聞いた事があるな。それでここの謎がこの鳥の言葉かね？」

「そうだ、『偽りの夜に鳴く鳥は偽りの森に住む』だ！」

まだ居座っているシェイラが得意げに教える。

「夜鳴く鳥といえばナイチンゲールか。うつくしい声だからよく歌姫にもたとえられるな」

「歌姫ってベラルダのことか？」

「バーカ、ベラルダだって四十前だろ。当人にいってみろ、頬《ほお》をゴムみたいに引っ張られるぞ」

タギが手真似するとシェイラはうっと声を上げて自分の頬を押さえた。前に酔っ払ったベラルダに柔らかい頬ねとやられたことがあるのだ。

「歌姫か……。ひとつ思い当たる事がある」

エバンス公が言った。

「おお、さすがだな！」

「だがまだ、確実にそうとは言い切れない。ここの再開発に関係してた者を知っているから、聞いておこう。それで、私に温かいお茶のおかわりをもらえないかな？　この龍の姫お奨《すす》めの焼き菓子を試してみたいのでね」

「わかった、持ってこさせる。そんで仕事の話にうつろーぜ」

これを合図にシェイラは物わかりよく部屋を出ていった。

七賢人のイサ長老にも分かってしまったことだしと、翌日シェイラは悪びれることなくタギたちのもとを訪れた。すると驚いたことにもう公爵から手紙が届いていた。

「あのあと、茶を飲んでロッテばーさんの焼き菓子を食べたら、目を丸くしててな。四十年前の秘められた老婦人のロマンスを、ぜひ蘇《よみがえ》らせたいとかキザったらしい事言って、塔を出たその足で心当たりの相手を訪ねたらしいぜ」

それは当時の再開発を監督した建築家だった。子爵の身分を持つ実力派の人物で、今もかくしゃくとしており、詳しい話を聞けたという。

「その話によると、ここには四十五年前に建てられた音楽堂があったっていうんだ」

「音楽堂って音楽会や歌うお芝居をするところだな。もう少し大きくなったら、父様が一緒に連れて行ってくれるって言ったぞ」

「え、そういうのにまでお忍びで顔出してんのかシェルローは。油断ならねェなあ」

俺もたまには覗《のぞ》いて捜してみるかなどと言うタギは、根っからの守龍《しゅりゅう》びいきだ。シェイラとしては、父に対する敬意の一割でもこちらに向けてみろと言いたくなる。というかいつも言っているのだが、改善されるようすはない。

「でな、そこの会場前の待ち合いロビーに、でかい壁画が飾ってあったんだと。歴代の有名な歌姫が描かれてて、そのうえ魔法が掛かってて、前に立つと音楽が聞こえてくるんだとさ」

「楽しそうだ。いいなそれ」

シェイラはワクワクと言った。が、すぐに気付いた。

「まてよ、その音楽堂のあった場所に噴水があるってことは……。ひょっとしてロッテおばあさんの二番目の宝物は見付からないってことか⁉」

「そー思うだろ。ところがそうはならなかった。魔法の壁の出来が良くて壊れちまうのを惜しんだ子爵が、音楽ホールを慎重に解体して、新しい別の場所に作り直したんだとさ。すげえだろ」

「じゃあ残ってるんだな⁉　それはどこだ、どこにあるんだ⁉」

地図のこの場所だ。タギが得意げな顔で指さしたのは、王宮のほぼ真向かいにある高級市街地だった。

タギたちはさっそく音楽堂へ向かった。

塔からは徒歩十五分ほどと近く、まさに灯台もと暗しの気分だった。

「わあ、キレイな建物だなあ。飾りがいっぱいだ！」

見た途端にシェイラは歓声を上げた。タギもこれは移築をして正解だったなとつぶやいた。

建物全体に鳥や動物たちの彫刻が施《ほどこ》され、入口には音楽の女神が人々を招くように手を差し出していた。

この時間、音楽堂は人々のために開けられていて、中では無料のコンサートが開かれていた。小さく音楽が漏《も》れ聞こえてくる中、シェイラは嬉々としてあちこち飛び回り、うつくしい装飾品を見た。

「あっ、タギ、来てみろ。この部屋だ」

シェイラがロビーに入ってすぐにタギたちを呼んだ。

理由はすぐに判った。行ってみると、ロビーの天井や壁には緑の木々が描かれて、まるで森の中のようなデザインとなっていたのだ。

「なう、第二の謎が言っていた偽りの森ってここだろう？」

「どうやらそのようですね」

レンが言う。かれもはじめて来たのか、物珍しそうに周囲をみまわしていた。

タギは凝《こ》った作りだなあとみまわし、

「歌姫の絵っていうのは、あっちか」

ドレスを着た女性の絵を見つけると、すたすたとそちらへ歩き、前へさしかかった途端足を止めた。

それは昇る朝日を背景に描かれた赤いドレスの歌姫だった。

森を示す蔦《つた》で囲まれたなか、リスや小鳥たちをはべらせながら歌を歌っていた。

文字通り、歌を歌っていた。

本当に女性のやわらかな歌声が聞こえたのだ。

「こいつぁ、たしかに……大した魔法だ」

タギはじっと絵を見た。人がちかづくと歌う仕掛けになっているのだろう。歌声の中には鳥のさえずりも聞こえた。

竪琴《たてごと》の伴奏にあわせて、動かぬ歌姫は別れた恋人のことを歌っていた。

――今どこにいるの。私のことを憶えているの。

「この歌はしってる。ベラルダが教えてくれたんだ。昔の流行歌だって」

いつの間にかシェイラとレンがきて一緒に歌を聞いていた。

「素晴らしい腕の持ち主ですね、ここに魔法をかけた人は。本当に自然に聞こえる。四十年間保ち続けてるんでしょうか。それとも定期的に補修しているのか……」

タギは歌が終わると、次の絵に移った。今度は昼間で、木漏《こも》れ日《び》の下にいる歌姫は子鹿を相手に語りかけている。森の奥に続く道には、よく見ると人影があった。そして歌は同じく恋人の帰還を待つ内容で、寂しさを訴えていた。

「これは絵と歌で、ひとつの物語になっているんだな」

シェイラがふむふむと頷《うなず》く。

「大元の魔法を使った奴以外のクセはあんまねぇな。四十年保ち続ける魔法か、それとも

「……」

タギの方は歌そっちのけで魔法についてをぶつぶつと呟いた。出来のいい魔法技に、職業意識に火がついたようだった。

その後シェイラに腕を引っ張られるまま、夕方の絵を見て、最後に夜の絵の前に立ち止まった。

夜の絵は森の中の四阿《あずまや》に座る歌姫だった。四阿の手すりには夜に鳴く鳥ナイチンゲールが描かれ、歌の合間にうつくしいさえずりを入れていた。また、四阿の床にはカエルの姿もあり、意外に可愛《かわい》らしい声で低音部分の彩りとなっていた。

この絵は今までと違った。歌姫が四阿の外へ手を差し伸べており、それに応えるように伸ばされた男の手が画面の端に描かれていたのだ。聞こえてくる歌も絵に添ったものだった。恋人たちは再会し、再び愛を誓い合うのだ。

「タギ、問題の絵はきっとこれですよね。偽りの夜と、偽りの森。そして絵の主題は恋人たちの再会。隠した人の気持ちを考えるとほほえましいですね」

「ああ？　狙いが分かりやす過ぎっだろ。必死っつーか」

まちがっても情緒的な単語は出てこないタギだった。

「そこまで言ってはかわいそうでしょう。きっとかれなりに考えた隠し場所だったんですから」

「おまえたち、うるさいぞ。せっかくの歌が台無しじゃないか」

歌に聴き惚《ほ》れていたシェイラがしごく当然の抗議をした。

「で、今度はどこに仕掛けがあるんだ？　文章には鳥って書いてあるんだよな」

タギが絵の鳥をじろじろとながめる。間近で見ると、年月のためか移築のためか、絵には細かなひびがはいり、それを修正した跡も見て取れた。

「鳥なら三羽絵に描いてあるぞ。ここと、ここと、そっち。あっ下にもいる」

目線の低いシェイラが見つけて指さす。そしてふと思い出した。

「そういえば、ロッテおばあさんの家で歌ったとき、額縁が応えたといったろ？　あのとき鳥のさえずりとカエルの声もした気がする」

「そういや、そんなこと言ってたな。カエル？」

ふむとタギがしゃがむ。レンもしゃがみかけたが、タギが止めた。

「ちょっとここ立ってろ。目隠しになるように。係員が今にも飛んで来そーな顔してる。めんどくせーだろ」

「私は衝立《ついたて》ですか」

軽くぼやいたがレンは律儀《りちぎ》にロビーの人々や係員の視線からタギたちを隠した。

四阿の床にいるカエルと鳥に素早く指を這《は》わせると、鳥のくちばしのところに違和感を感じた。小さな穴が開いていたのだ。

「シェイラ、預かった鍵《かぎ》を出せ」

「これだ。ここで使うのか?」

シェイラが尋ねる間にタギは鍵を差しこんで回した。カチリと手応えがあり、絵の下の部分の石がコトンと落ちた。そこに空間があった。

すぐにシェイラが探り、中から前と同じくらいの大きさの小箱を引っ張りだした。

「よし、石のフタをもどせ。もっかい鍵をかける」

作業は手早く行われ、十秒しないうちに鍵と小箱をもってタギは絵の前に普通に立った。

それはある意味ギリギリの瞬間だった。絵の前でごそごそとしているタギたちを不審に思い、もしや絵が傷つけられているのではと音楽堂の係員がやってきたところだった。

「その絵がどうかしましたか。お若い魔法使いさんたち」

「ああ、みごとな魔法がかかってンなって、こいつと見てたんだよ」

「ええ、きっと素晴らしく腕の立つ人の仕事なんでしょうね」

タギが真実に近い事を言い、レンも如才なくそれに付き合った。そして思いついた。

「この壁の魔法はだれがかけたものなんですか。きっと記録が残っていますよね。補修も必要でしょうし」

「ああ、そうだ名前! ピールの名前だな。わかるのか?」

シェイラも顔を輝かせて係員を見る。

そこそこ年のいった係員は成る程と合点《がてん》がいったようだった。

「たしかにここの魔法は素晴らしい。音楽堂の隠れた財産のひとつですよ。移築の時にもそれは気を遣ったようですしね。ただ、魔法使いの名前は分かりません」

「なんだって？　正体不明の奴がやってったってことか？」

「いえいえ、まさか。魔法は、正式に魔法使い教会を通して依頼したものです。それで教会から結構な数の魔法使いが派遣されて来たんです。監督者一名の名前とその他十名と記録にありましたからね」

　タギもレンも理解した。四十年前にロッテと同じくらいの年だったならば、この魔法を行った時のかれはまだ若く、腕がよくとも年上の魔法使いの監督下で仕事をしていたと考えられる。

「それなら監督者の名前を教えて下さい。お願いします」

　レンの頼みに係員は研究熱心な魔法使いと思ったのだろう。すぐに快諾《かいだく》して資料を調べて教えてくれた。

　壁の中の歌姫たちの魔法――監督魔法使いバーノ。他十名。

「じゃあ、このバーノって魔法使いに訊けば一緒に行った魔法使いたちの名前がわかるんじゃないのか？　そうだろタギ、レン！」

　シェイラが期待を捨てずに言った。だがレンは深くため息をついた。

「それは無理、シェイラさん」

「どうしてだ？」

「バーノさんは昨年亡くなっているんです」

「ロッテおばあさん、二番目の宝物も見付かった。けど、やっぱり魔法使いの名前はわからなかった」

小箱を抱えてロッテおばあさんの店へ行き、シェイラはションボリと報告した。

一瞬でも、宝探しの仕掛け人の名前が分かるかと思い、期待しただけに落胆《らくたん》は大きかった。

それは言葉には出さないがタギやレンも同様だった。

「あらまあ、そんな顔をしないで。あなたに話して一週間もしないうちにこうしてあの人の残した者を二つも見つけてくれたんだもの。それだけで充分なのよ。ほんとうにとってもうれしいの」

ロッテおばあさんはかがんでシェイラを抱きしめると、その頬にキスをした。

もうお馴染《なじ》みとなった調理場のテーブルで、タギたちのために特別に焼いたという胡桃《くるみ》とレーズン入りのどっしりしたケーキを食べてミルク入りの濃いお茶を飲むと、シェイラもまたタギやレンもすっかり機嫌をよくしていた。

シェイラは、音楽堂で見た『壁の中の歌姫たち』の魔法が、どれだけ素晴らしかったかを熱心に語り、その後どうやって仕掛けを見抜いて宝物を見つけ出したかを、身ぶり手ぶりを交えて話した。とくに仕掛けを解いた直後に係員がきて、見咎《みとが》められそうになったところでは、臨場感たっぷりに話したので、ロッテおばあさんは、まあ、とかそれは危なかったわねえとか真剣に聞き入って相づちを打った。

「でも、歌姫の魔法はそんなに素晴らしいものだったのね」

「シェイラの話はちっと大げさだったけどなあ。まあいい出来だったのは間違いねェ」

「あきらかに一流のわざでしたよ。かれひとりがなしたのではないにしろ、関わったのはまちがいありませんね」

ロッテおばあさんは首を傾《かし》げた。

「どうしてそう思うの？　ピールさんが関わったって」

「どうしてって、そりゃ……」

タギとレンは顔を見合わせて苦笑した。

「魔法使いに限らず、立派でいい仕事をしたときには、親しい人にこれは自分の仕事だと言いたくなるからです」

「ありゃいい仕事だった。だからそこに隠して、自分の仕事の成果を見せたかったんだろーな」

「それはよく分かるわ。そう……それなら王都を離れる前に、一度行ってみないとね」

「直接見て下さいって言えばよかったんだ。やっぱり恥ずかしがり屋だったんだな」

シェイラが決めつける。が、タギもレンも案外そうかもしれないなと思いはじめていた。

「自分の仕事の成果ね……。秘密を言えば、わたしもそうだったのよ」

ロッテおばあさんははにかんだように笑った。

「あの人にはいつも、出来のいい焼き菓子を売ってあげたのよ。勇気を出せばよかったかしらねえ」

そっとため息をつくロッテおばあさんの手をシェイラは励《はげ》ますように握った。

さてケーキとお茶の時間が一段落すると、やっと今回見つけた宝箱を開ける番となった。

今回の箱はカラクリ式ではなく、壁の仕掛けを開けるのに使ったのと同じ鍵《かぎ》で開いた。

なかは前回とほとんど同様だった。

柔らかな布袋ひとつ。

新しい鍵がひとつ。

それから、折りたたまれた手紙が一通。

ロッテおばあさんは最初に手紙に手を触れ、考え直して袋の中身を確かめた。

中からは、豪華な真珠《しんじゅ》のネックレスが出て来た。前回のイヤリングと対《つい》になることはひと目で分かった。

シェイラはわあっと顔を輝かせたが、ロッテおばあさんは頭を振った。

「困ったわ、男の人ってどうしてこうなのかしらね。こんな豪華なネックレス、私なんかじゃ似合う服も持っていないし、つけていく場所もどこにもないのに」

そういってネックレスを元通り丁寧《ていねい》に布にくるんで袋にしまう。それを終えると鍵に目を移し、「今度はどこの鍵かしらね」と聞いた。

「もうひとつ謎が……宝が隠されているのだと思いますよ。どうぞ手紙を読んで下さい」

レンが促すとロッテおばあさんは一瞬間を置いたあと、意を決して手紙に手をのばして開いた。

そこには角ばったあまり上手ではない字で、短くこう書かれていた。

『最後の謎を解けば足りないもうひとつの品があります。けれどふたつで充分と思ったなら、三つ目の箱は捜さないで下さい。最後の品には私のあなたへの気持ちが込められています』

シェイラがガタンと椅子《いす》からテーブルに乗りだした。

「それってロッテおばあさんへのプロポーズじゃないのか⁉」

「どう考えてもそのようですね」

レンも頷いて保証する。かれはこの不器用な魔法使いのことがちょっと気に入りだしていた。

ロッテおばあさんは、目を丸くして顔を真っ赤にしていた。

「あら！　あらあらまあ！　どうしましょう……これ」

「続きは？　最後の謎は何て書いてあるんだ？」

タギが後ろの言葉を知りたくて手紙をのぞく。

『この世でもっとも高貴なるもの。それは一番星の輝く前、二番目に天に近い場所で手に入る。鍵の中に鍵をいれるべし』

見た途端タギは吹きだした。

「二番目？　なんで一番じゃないんだ。二番目ってどこだ？」

シェイラがぽんぽんと疑問を口にする。ロッテおばあさんは片頬を押さえて考えた。

「そうねえ、二番目というとどこかしら。一番目は時刻を知らせる鐘楼《しょうろう》がある高台の塔なのは間違いないわ。どこからでも見えますもの。でもその次なら……」

「いや、いや、うん。多分そこで間違いねー」

タギが方手で口元を押さえつつもう片方の手を振った。

「なんでそんなに笑ってるんだタギ」

「だってよ、なんつーか発想が魔法使いらしいな思って」

「ロッテさん、シェイラさん。この街で一番高い建物は魔法使いの塔でしょう。でもあそこの上層に一般の人は入れませんからね。だからかれは二番目と指定したんだと思います。町の人たちが一番高い建物というと、真っ先に思いつくのは魔法使いの塔ではなくて、鐘楼の塔だとは思いいたらずにね。まさに魔法使いの塔をよく使う魔法使いならではの発想ですよ」

レンの解説にロッテとシェイラは驚きながらも頷く。

「じゃあ、次の場所は高台の鐘楼の塔でいいのね。最後の……あの人の……」

言ううちに思い詰めた表情になるロッテおばあさんに、シェイラは心配そうな顔を向け、タギはそっけなく椅子から立った。

「ああ。場所はそこでいい。捜すかどうかは明日聞きに来る。どうしたいか考えといてくれ。シェイラ今日はこれで帰るぞ」

「ええっ、もう帰るのか」

「おめー、忘れてンだろ。本当なら俺もレンもまだまだ忙しくしてる時なんだよ。来週時間できるっつったの、あれはなしだかんな」

「そうだった。でも来週は父様と湖の別荘に遊びに行くぞ。それにも来ないのか？」

「おっま、そういうことはもっと早く言え。いつだよ」

うるさく言いあうタギとシェイラを放っておき、レンは自分たちに出された茶のカップをまとめているロッテおばあさんを手伝った。

「かれの名前を調べる手段はありますよ」

レンがそっと話しかけると、ロッテおばあさんははっとふり返った。

「音楽堂での書類に記録がなくても。魔法使い教会には同行者の記録が残っているはずです。調べればきっと全員の名前がわかります。そのうちの数人と話せば、すぐにかれがだれかわかるでしょう」

ロッテおばあさんはじっとレンを見た。なにも言わず、ただ見つめた。

「だから、もし知りたくなったら、いつでも尋ねて下さい。私からは話しませんから」

「ありがとう。あなたは配慮が上手ね。向こうのやんちゃな子も口は乱暴だけど優しい子だわ。シェイラちゃんはすてきな宝物を持っているのね」

「そうなれればいいと、常々思っています」

レンは答えた。

その帰り道、シェイラはレンの顔を下からのぞきこみながら一言言った。

「宝物だぞ」

「えっ？」

レンが聞き返すとシェイラはもう何も言わず、ただ微笑みをうかべた。

今度はタギがレンに話しかけた。

「俺よー、なーんか、この魔法使いのこと気に入ってきちまった。そこそこ腕はいいのにやることが抜けてるっつーか。でもって最も高貴なるものときたもんだ」

タギはなにか予測しているのかからからと笑った。


さて、魔法使いの塔へ戻ると、タギたちは自分の仕事部屋へ戻る前にイサ長老に摑まった。

どうやら待ち構えていたらしい。

「おまえたちは、また仕事中に抜けだしおって。今は大事なときだぞ。分かっているのか」

お決まりのお小言にタギは後ろ頭をがりがりとかいて聞き流し、レンは生真面目《きまじめ》に二時間の外出分を居残ってかたづけますと答えた。

「それにまた菓子の匂いをさせおって。菓子屋でも開くつもりか」

「開くんじゃないぞ、もう開いてるのを辞めさせられるから助けてるんだ」

またまたくっついてきたシェイラがイサ長老に言った。ひょっとすると長老の怒りをとりなすために来ているのかもしれない。

「は？　え？　いまなんと？」

主語を抜きまくった発言にイサが困惑する。その手にシェイラは焼き菓子の包みを押しつけた。

「ほら。いまのうちに食べておかないと。辞めて町を出て行っちゃうんだ」

「……それは……その、残念な……？」

「うん。続けたいらしいのになあ。人の世界は大変だなイサ」

シェイラが訳知り顔で言う。後ろ手でタギたちにさっさと行けと合図する。

もちろんタギはその機を見逃さなかった。これ以上小言を食らわないようにと一目散に塔の階段を上っていく。

だがレンはその場に居残った。

「なるほど、そのう…姫さまは人助けをしていて、その手伝いをタギたちがしているというわけですな」

「うん、そうなんだ。だからタギもレンもあまり叱《しか》らないでやってくれ」

イサ長老は唸《うな》った。これがレンであれば一も二もなく頷《うなず》いただろう。いや他の魔法使いでも少しは目こぼししただろう。だがタギは……タギだけは……。

そう唸っているところへレンが話しかけた。

「イサ長老、お聞きしたいのですが、王宮前の音楽堂に足を運ばれたことはありますか？」

「もちろんだとも。年に何回かわしも演奏を聴きに行っておる」

「ではロビーの壁の中の歌姫たちも当然ご存じですよね」

「それがどうかしたのか、レン」

「あの仕事は昔魔法使い教会が請け負ったときききました。素晴らしい仕事だと思いました。ひょっとしてそれに関わった魔法使いの名を知りませんか？」

イサ長老はうろんな顔でレンを見た。

「突然そんな話をするとはなんだ？　まさかタギも関わっていることか？」

レンは苦笑し、親友の常日頃《つねひごろ》の素行不良振りをほんの少し恨んだ。しかし長老は考え直したのか、記憶を探るように腕組みをした。

「四十年前の音楽堂の仕事。わたしもまだまだ駆け出しだったころだ。さすがに塔のすべての仕事までは憶えておらん。記録はあるだろうが、資料は膨大だぞ。捜すのは骨だろうな」

「そうですか。ありがとうございます」

それでもレンはその夜、自分の仕事を二時間遅れで終わらせると、家には帰らず図書室へ向かった。過去の塔の仕事もここに保管されているからだ。

イサ長老は膨大な量と言ったが実際その通りだった。図書室のさらに奥の資料保管庫は普段滅多に閲覧《えつらん》を許されないが、レンは七賢人の紋章を出して難関を突破した。

ここまでは予想通りだった。そして過去の資料が膨大だと言う事も予測していた。正直いって徹夜も覚悟していた。

しかし、うずたかく積まれた四十年前の記録を当たっていて三時間後、レンは運良くある事実に突き当たった。

四十年前の資料から、音楽堂の仕事に関してだけが抜け落ちていたのだった。

「紛失ということでしょうか」

レンはうろたえながら夜間の担当者に聞いた。しかし担当者は胸を張ってまさかと答えた。

「この魔法使いの塔で資料が紛失するなど考えられません。すべてに結界の魔法をかけて、塔から持ちだされるのを禁止しているのですよ」

「ではどうしてないんでしょうか。他に何が考えられますか」

深刻な表情で聞くレンに担当者も首を捻《ひね》った。

「分かりません。本当にその書類が存在して、かつ本の中から抜けていると言うんですね」

「はい、そうです。音楽堂の仕事に関してのみが抜けているんです」

レンは見ていた該当年月の書類を綴じた本を差しだし、担当者はそれと手元の資料を見比べた。

「おかしいですね。昼過ぎに同じ資料が閲覧《えつらん》されていますけど、特に何も言われてません」

「だれかが、私より前に見たというんですか？」

「ええ、そうです」

「一体だれが！　教えて下さい」

レンはテーブルの上にドンと手を置いた。担当者はその迫力に息を呑み、すぐさま名前を答えた。

「は、はいっ。閲覧したのはイサ長老です！　今日の午後、急いでいらして、それだけ読んで帰られましたっ！」

「……なんですって？」

レンは思いもよらぬ人物の名に、ぽかんと口を開けた。


そして翌日。宝探しの三日目。

タギに言われた通り夕方少し前の時間、シェイラが魔法使いの塔に行くと、すでにタギもレンも下の受付まで下りてきていた。だがシェイラが近づいても気づかず、なにやり深刻そうな顔でひそひそと話をしていた。

「まじかよ」

「ええ。午前中いっぱいかけて、話を聞いて回りましたから」

「予想外すぎるっつーか。俺たちが何してるかは、分かってるんだろうな」

「箱を開けた時に魔法が跳ね返って知らせるでしょうから」

「そっか。だよなあ」

タギは天井を睨んだあとおもむろに頷《うなず》くと、受付に向かってなにやら書きものをして渡した。

それからくるりと玄関を振り返りシェイラを見つけた。

「よう。いよいよ今日で最後かもしれねーな」

「うん。ロッテおばあさんが一緒にいくと行ってくれたらな。昨日はなんだかようすが変だったし」

「大丈夫、きっと行ってくれますよ。信じましょう」

レンは予言した。そして、その通りとなった。

ロッテおばあさんの店にいくと、今日は臨時休業の札が掛かっていた。横手の調理室へ続く扉をノックするとすぐに開いて、外出の支度をしたロッテおばあさんが出てきた。

「ありがとう来てくれて。ええ、決心したわ。捜します。今日はわたしも一緒に行って捜しますよ。あの人の気持ちをちゃんと確かめたいのよ」

迷いの晴れた目でロッテおばあさん……ロッテは言った。

一行はすぐさま出発した。ロッテの足では高台の鐘楼までけっこうな時間がかかるからだ。

道中は和やかなムードで進んだ。主にシェイラがロッテの作るお菓子の美味《おい》しさの秘密を知りたがり、ロッテはナイショのレシピよと言いつつも、コツの伝授を大盤振る舞いした。

やがて空気がひんやりとし始め、午後の日差しの暖かさが薄れ、空が茜《あかね》色に染まりだした。

夜がくるのだ。

けれど昼でも夜でもない狭間《はざま》の時間、町には様々な魔法が起きる。

きっとこれから起きる事もその魔法のひとつだ。

鐘楼の塔へついて、若干《じゃっかん》の小銭を払ってタギたちは屋上へ上る許可をもらった。

五階分の階段をロッテのペースにあわせて昇り、屋上への扉を開けると空はまだ明るかった。

「こりゃ確かに見晴らしがいいな。真正面に王宮が見える」

タギが言うと、レンは一瞬遅れて「ああ」と顔を輝かせた。ここから何が見えるのか、やっと合点がいったのだ。

「なんだよ、今頃かよ。遅いぞ?」

「すみません。なるほど、だから気に入った発言だったたんですね。仲良くなれるんじゃないですか、かれと」

「よせ、やめろ。昨日の発言はすぐさま忘れろ」

「忘れませんよ」

くすくすと笑いながらレンは言った。

「おい、おまえたち話ばっかしてないで三つ目の宝を探すぞ！」

シェイラが先に駆けだし、途中でパタパタと戻って言った。

しかしシェイラが意気込んだわりに、最後の謎はずいぶんあっさりと解けた。何しろ当のロッテ自身が見つけたのだ。

最初は綺麗《きれい》なながめねと眼下に広がるフウキの街並みを見て、自分の店がどのあたりだろうとか、件《くだん》の音楽堂や焼き物通りの集会場はどこかと捜していたのだが、それを終えるとじっとこの場を見回し、タギたちが気付く前に言ったのだ。

「ねえ、鍵の中の鍵ってこれのことかしら？」

夕日に照らされた屋上には周りを囲む石段の影が落ちていた。その一角に雨樋《あまどい》掃除用の石段の外側へ出られる扉があり、その鉄柱製の扉の影は三番目の鍵とそっくり同じかたちだったのだ。

全員がそこにあつまって、一枚の石畳《いしだたみ》を調べた。だが今回は小さな鍵穴は見付からなかった。

するとロッテは立ちあがり、鉄柱の方へ歩いた。そちらを調べようと思い立ったのだ。あわてててタギたちがそれに続く。

「すごくないか。あんなに張り切って」

シェイラは嬉しそうにささやいた。

「これでその魔法使いに会えたらいいのに。なあ、私たちで捜してやらないか？　あいたっ」

シェイラはタギに小突かれたおでこを押さえた。

「ばーか、そう言うのは俺たちが先回りすることじゃねぇ。当人たちにまかしときゃーいいんだよ」

「なんで小突くんだ。…………当人たち？」

シェイラはいまひとつ意味が分からず、首をかしげた。

一方ロッテは次々に鉄柱にふれて調べていき、とうとう小さな鍵穴を見つけた。

鍵を入れて回す役目はロッテが務めた。タギに渡そうとしてタギが「あんたがやるほうがいい」と断ったのだ。

カチリ。

確かな音がして鍵が解かれ、鉄柱の横の石にくぼみが空いた。

中には思った通り、小箱が収められていた。

屈んで箱を手にしたのはタギだった。

そのまま少々神妙な顔でロッテに渡す。

ロッテはもう一度今の鍵を使い、ためらいがちに三つ目の箱のふたを開けた。

中にはふたつの指輪が入っていた。

ひとつは大粒の真珠《しんじゅ》がついた指輪。今までの装飾品の最後の一部だ。そしてもうひとつは……。

シンプルな金の指輪。裏には『愛しい人へ』と文字が彫られていた。

最後の宝物にようやくかれの思いがはっきりと書かれていたのだった。

ロッテは嬉しそうに微笑《ほほえ》み、潤んだ目を閉じた。

「初めての言葉だわ。初めて聞く言葉よ」

小箱の中の真珠が夕日の色に染まってオレンジの色になる。

その時、さあっと風が吹いた。

空気が変わり、全員が王宮の空を見た。

西側の空は燃えるような色合いだった。東側からはだんだんと藍《あい》色が迫っていた。この中間にそれは現れた。

シェイラは頭の芯で音楽を聞いた。

しゃらしゃらと重なり合う鱗《うろこ》の音。さんざめく白銀の鱗。

風をまとい、風を従え、巨大な風龍が空に現れる。

真珠と同じ、白く輝く身体《からだ》は夕日に染まってやはり真珠と同じオレンジになる。

心の中を、身体の中心を、風が吹いていく。

シェイラはそこにいながら一緒に空を飛んでいた。

同時に町中から湧き上がるどよめきを心の中で聞いた。

純粋な嬉しさと感動だけのどよめき。顔を輝かせて指をさす姿。

——見て！　風龍様よ。

——わたしたちの風龍様よ！

わたしたちの。

風龍様。

なぜか、胸がしめつけられるような、気持ちがした。

塔の上で目を開けると、タギが風龍に応えて手をあげていた。視線が一瞬コチラを向いたのに気付いたのだろう。当然だ。風龍は自分の娘がどこにいるか気がついたのだから。

シェイラの横ではロッテが大きくため息をついた。

「こんな間近では初めて見たのわ。わたしたちの守龍様はなんてきれいなのかしらねえ。ふしぎね、見ていると勇気が湧いてくるわ」

穏やかな声で話し、ふふっと笑った。

「私ね、本当は恐かったのよ。お店がなくなって、ここから離れること。仕方ないと諦めたけど、不安だったわ。でも……そうね、お店はなくなっても、今までのお客さんたちの笑顔は、ちゃあんと胸に残っているわ。もうどこへ行っても平気」

「今までの装飾品を売れば、何とかなるんじゃないのか？　あんたの役にたてるなら、送り主も本望なんじゃねェの？」

タギは一応言った。シェイラはタギの腕を引っ張り、目を見開いて首を振った。自分も最初はそう勧めるつもりだったが、これを残した相手やロッテおばあさんの気持ちを知った今は、お金に換えてはならないと思っていた。するとタギが片頬で笑い、自分のかわりに言ってくれたのだと気付いた。

もちろんロッテも首をふった。

「いいえ、売るなんてとんでもないわ。これは大切な思い出よ。それに、これを受けとっていいのは四十年前の私。今の私じゃあないの。だから返さなきゃ。あなたたちに預けたら今度はピールさんを捜してくれる？」

「捜せる」

驚いたことにタギは即答した。レンも力強く頷《うなず》いた。

「けど、本気で全部いらねぇっていうのか？　全部を手放すのか」

タギに念を押され、ロッテは迷った。その末に指輪をひとつ手に握った。

裏に言葉が彫られた金の指輪だった。

「これだけ残しておきたいわ。こんなおばあちゃんの指には似合わないでしょうけど、これだけはね」

指輪を愛《いと》おしそうに撫《な》でる。そこにはもうロッテの気持ちも隠されることなく現れていた。

すると、

「いまでも、似合《にお》うておりますぞ」

入口からもうひとり、屋上へとやってきた。魔法使いの杖《つえ》を持った老人だった。

シェイラは目を丸くし、タギとレンは互いに視線を交わして黙って見守った。

当のロッテは息を呑み、半信半疑に聞いた。

「あなた、ピールさん？　オレンジピール入りのお菓子が大好きで、毎日でも私のお菓子を食べたいって言ってくれた」

「そう、若い時分に足繁く通った魔法使いで。ロッテさんす」

ロッテに四十年ぶりに会った魔法使いは、彼女に挨拶《あいさつ》したあとにタギたちを見た。

「おまえたち。今日に限って外出許可証を取って、わしの秘書にまでまわしおって」

苦虫《にがむし》を噛《か》みつぶしたような顔は、半分照れ隠しとわかった。魔法使いの正体は、七賢人の長老イサだったのだ。

不良賢人タギはひょいと肩をすくめた。

「いつもはそーしろってウルセーのに」

「なあ、なあっ。どういうことだ？　ほんとにイサがそうなのか？」

「そうですよシェイラさん。今日ずっと調べて分かったんです」

「でも、どうしてふたりは昔にちゃんと結婚しなかったんだ？　お互いに想い合ってたんだろ？」

「それは何故かはわかりませんが……ふたりが自分たちで答えを見つけるでしょうね」

「さあ俺たちはもう行こうぜ。後は……年寄り同士でごゆっくりってやつだ」

「どうやらロッテさんのお菓子は、この先も食べられそうですしね」

さっさと階段を降りて行くタギとレン。

続くシェイラはもうひと目だけとふり返った。

ロッテとイサはこちらに感謝をこめて頷いたあと、夕日の中で見つめ合い、どちらからともなく手を取り合っていた。きっと互いの目の中には相手以外映っていないだろう。

シェイラはうつくしい光景だと思った。

そしてタギたちを追おうと屋上の扉をくぐったとき――。

暗がりから静かな声がした。

「長い年月を経て、愛が実ったのね。絆《きずな》は永遠だわ……」

ステンドグラスのあるホールや音楽堂で出会った黒髪の女性だった。

シェイラは彼女がいることをふしぎには思わなかった。なぜだかずっと一緒にいた気がしていた。

「永遠って、龍の寿命《じゅみょう》よりも長いものなのか？」

「……そうよ。けっしてなくならないの。胸の中でずっと燃え続けて消えない炎となるの。きらめく宝石であり、常に心を温かくさせる灯火よ。それが永遠の絆」

「ふうん……。いいな、それ。わたしとタギもそうなるかな。それとレンも」

黒髪の女性はエメラルド色の瞳を細めた。

「……あなた次第よ。すべてはあなた次第なの」

謎めいた答えにシェイラは再度女の顔を見た。

そして気付いた。彼女は自分だと。

髪の色も目の色もまったく違っていたが、自分だった。

驚いている間に黒髪の女性は建物の暗がりの中に消えた。

「待って。どうして……」

シェイラは暗くなった階段を駆け下りた。女性に追い付きたくて。タギとレンに会いたくて。

けれども階段は長く、どれだけ走ってもどちらとも会えなかった。

「待って。タギ、レン！」

階段を駆け下りる。迷宮のような階段は沢山《たくさん》の幻をシェイラに見せた。

大好きな家族。緑星亭のベラルダやテオ。洒落者《しゃれもの》のエバンス公爵。父が守る王家の人々。ひっそりとたたずむ闇色の髪のゼルダ姫。それから知らない人々。これから会うはずの人々。その中にお日様のようにきらめく金髪のうつくしい娘がいた。優しくまぶしい笑顔で笑いかけてくれた。

こっちよ。

手招く白く優しい手。シェイラは迷うことなく、その娘のもとへ走った。

暗い闇の中でその娘だけがほのかに輝いて見えた。

「よかった。ずっと、会いたかった……」

わたしもよ、シェイラさん。

娘の答えにシェイラは安堵《あんど》の笑みを浮かべた。

「また、会ってくれるか？」

娘はだまってほほえんだ。そして指さした。

さあ、出口は向こうよ。タギがいるわ。

背中を優しく押され、シェイラは振り返りながらもその方向へ走った。

足元の残りの階段は数段だった。下りきるとそこにタギとレンが待っていた。

「おい、おせーぞシェイラ。ハラへったから緑星亭に寄ってくぞ」

「ロッテさんのことを心配していたんでしょう？　報告に行きましょう」

「うん、行こう、一緒に！」

シェイラは満面の笑みでこたえ、夕景の中に立つふたりのもとへ走りだした。

三人をあたたかな風が包んだ。

龍の飛翔後はいつも風がやさしくなる。人々の頬にそっとふれていく。

それはまるで守龍のまなざしのようで、フウキの人々は偉大なる守護龍に見守られていることを実感し、安堵《あんど》し、そして感謝するのだ。

自分はひとりではない。決して孤独ではないと。

シェイラは右手をタギに伸ばし、左手をレンに伸ばしてふたりと手を握った。

「なあ、ロッテおばあさんの焼き菓子を食べたかったら、今度からはお店に行けばいいのか？それともイサのお家になるのか？」

タギは唸《うな》った。

「店だな。断じて店を続けてもらいたいな。イサのじーさんちになんか、行きたくねー！　ぜってェ説教されっぞ」

まごう事なき本音にシェイラもレンも声を上げて笑った。

笑い声はフウキの澄んだ空に軽やかに散っていった。


そして月日は流れて……。

＊　＊

黒髪の大人のシェイラは花に囲まれた中に眠っていた。

水晶と岩の四阿《あずまや》には蔦《つた》が生い茂り、まるで緑の寝台に横たわっているようだった。

前のタギの訪問から多くの年月が流れていっていた。

そこに岩屋を歩くかすかに足音が聞こえた。

眠る風龍の娘の寝台に近づく前に外套《がいとう》についた雪を払う。

外は冬だった。北国のフウキには日差しの短い日々が続いていた。

この数日は特に悪天候で、とくに夜半には雪が風に舞う。

そんな中をこの旅人はやって来た。ここはフウキの山々の奥深いところにあり、魔法を使う身でもそう簡単なことではなかったはずだ。

それでも来ないという選択肢《し》はかれの中になかったのだ。

「この中はあったけーな。助かる……。シェルローの魔法だな」

岩屋に声が当たって反響する。ここに他に音はない。

手袋を外し、かじかんだ手にはあっと息を吹きかける。

荷物を足元に落とし、背中にかけていた杖《つえ》を外して手に持つ。

一言呪文を呟くと杖の先に灯火が宿った。それを一度振ると、この隠された岩屋の中に点々と灯りがともった。

岩屋の中心を見て、かれの口元がほころぶ。

「よう、シェイラ。おまえは何年たってもかわんねーな。相変わらず綺麗《きれい》なまんまだ」

岩の四阿《あずまや》に厚く垂れ下がった蔦《つた》をかきあげて、そこに眠る主を見る。

「来たぜ……。今度は帰らねぇよ」

一瞬、目を開けた瞳の色が紫色のままで、「遅いぞ」と抗議する姿が浮かんだ。

けれどそんな奇跡は起きなかった。白皙《はくせき》の頰を彩るのは豊かな黒髪のままだったし、開いた目も最後に見た時と同様緑のままだったろう。もう金髪に紫の瞳の風龍の娘はどこにもいないのだ。

それは悲しかった。無邪気な彼女が消え去った証《あかし》でもあった。

そして自分の罪深さの証でもあるのだ。

と、かれは眠り姫の髪に一枚葉が落ちているのに気付き、取り除いた。植物が多い割にここは何時《いつ》も整えてあり、だれかが——あるいは何かの精霊が定期的に面倒を見ているのは知っていた。多分シェルローに頼まれた風の精霊たちだろう。人はこの岩屋には入れないのだ。ある一人以外には。

かれは葉を取ったついでに指を伸ばして頬にふれかけて——やめた。起こすと懸念《けねん》したのではなく、心の中のなにかがためらわさせた。

「まあいいか。たぶん……長丁場《ながちょうば》だな」

その日は長旅でくたびれたこともあり、持参した寝袋に潜るとあっという間に眠ってしまった。

翌朝は岩屋を通り抜ける風の音で目が覚めた。

守龍の強い魔法が守っているためか寒さが忍び寄ることはないが、晴天の時にはうつくしく光の落ちた寝台のまわりも、いまは暗くようやく形が分かるだけだ。

吹雪に閉じこめられたと分かったが、困ることは何もなかった。

岩屋に昨夜の灯火を復活させて、かれは主の顔をのぞきにいった。昨日と寸分変わらぬ姿で眠り続けていた。

それを見てがっかりしたのか安堵《あんど》したのかは自分でも分からなかった。

「俺が死ぬ前に、目ェ覚ませよ？」

手をのばし、今度は恐がらずに指の背でそっと頬を撫《な》でた。

吹雪《ふぶき》の止んだ数日後、久しぶりに外へ出ると空は快晴で、白い雪が眩《まぶ》しく目を刺した。厚手の外套《がいとう》を身に付け、身を切るような寒さの中、しばらく外を歩いて身体《からだ》をほぐした。あたりを散策して戻ってみると、岩屋の前に松ぼっくりが置いてあった。そばにはリスの足跡があり、森の中へ帰って行っていた。

「お供え物かよ」

笑って拾いあげ、岩屋に持って帰った。火をおこす時に使えば火つきはいいし良い香りもする。中から松の実が取り出せれば口寂しい時には重宝《ちょうほう》するのだ。

そうして悪天候の日は中に籠《こ》もり、晴れれば周りを歩き、かれは日々をそこで過ごした。持って来た本を読み、若い頃にはあまり興味のなかった研究の書きものをし、食事に変化を求めたくなったら町へ下りた。

フウキの首都からは遠く離れた田舎町《いなかまち》だが、温かなシチューはいつもあった。それで充分だった。

そのうち、山に偏屈《へんくつ》な魔法使いが住んでいると噂《うわさ》になった。町に下りるとおずおずと話しかけられ、小さな問題を魔法で解決してくれないかと頼まれるようになった。

どんな噂が流れたのか、あるいはだれかが教えたのか一月《ひとつき》もすると下の町へ旧友も訪ねてきた。そんな時は数日下の町で過ごし、友人が帰るとまた岩屋に戻った。

やがて雪が解けて春になり、訪ねてくる友人の数も増えた。

会った途端泣き出す者もいれば、不在期間などなかったかのようにごく当たり前に話す者もいた。訪ねては来なかったが、とんでもなく高貴な身分の女性も自筆の手紙をよこした。

タギがフウキを出たときすでに高齢だったものたちは、もう鬼籍《きせき》に入っていたが、その人たちの晩年は友人らが教えてくれた。皆おおむね幸せだったと聞き、柄にもなくホッとした。

季節はどんどん移り変わった。

春から夏になり、山の植物も動物たちも命の盛りを謳歌《おうか》し、実りの秋を迎えた。

それでも風龍の娘が目覚める気配はなかった。

かれは友人に頼んだ本を下の町から岩屋に持ち込み、食料を蓄《たくわ》え、二度目の冬ごもりに備えた。

といっても、相変わらず岩屋の中は快適で、寒さに対する備えは必要なく、心持ち薪《まき》を多めに用意したくらいだった。

山は紅葉に包まれてその彩りが木々の枝から地面に移った頃初霜《はつしも》がおりた。早朝の地面を歩くとシャリシャリと音をたて、冬の到来を告げた。

出会う動物たちはもこもことした冬毛につつまれ、厳しい冬を乗り越えようとしていた。

岩屋の外に寒い北風が吹き、日中もどんよりと曇った天気が続き、ある日とうとう雪が降った。

雪は最初の一日目は積もることなく山肌に湿り気を残して昼には消えた。だがそれから半月もすると消えることなく積もっていった。

岩屋の周囲すべてが雪に埋もれ、どんな音も吸収されてしまうような冬のある日。

黒髪の魔法使いは岩屋の中で読んでいた本からふと顔をあげた。

何かが変わった気がした。

この山に籠もって以来、自然の変化に感覚が鋭くなっていた。これから天気が変わる前触れだろうか。そう思い、座っている場所から立ちあがり、外へようすを見に行こうとした。

その途中。

岩屋の真ん中の緑のカーテンに包まれた寝台。

そこにぽつりと花が咲いていた。

小さなつる薔薇《ばら》だ。薄紅《うすべに》色の花を咲かせていた。

珍しいなと思う間もなく、他の場所で葉が動き、蕾《つぼみ》が膨《ふく》らんだかと思うとまたぽんと花が開いた。青い星形の花だった。さらにもう一ヶ所でもアイビーの花が咲き、それが見る間に四阿《あずまや》全体に広がっていった。

魔法使いは呆気《あっけ》にとられてその光景に目を奪われた。

そして閃《ひらめ》いた。緑のカーテンをかきあげて寝台へ近寄り眠る主を見た。

そのくちびるがうっすらと開いていた。呼気が大きくなっていた。

瞼《まぶた》がピクリと震える。

膝が震えて崩れそうになるのを必死に堪《こら》え、かれは待った。

その時を待った。

やがて、時がきた。

頬に赤みが差していき、閉じられていた瞳がゆっくりと開いた。

長いまつげの縁から彼女の緑色の瞳が見え出す。

ついに、龍の娘が目覚めたのだ。すっかり大人になった姿で。

長い眠りだった。ほんの数瞬、風龍といえどもぼうっとしていた。

が、自分を見下ろす顔にあうと、穏やかにほほえんだ。

まるでそこにいるのを知っていたかのように。この光景が当然だと言わんばかりに。

「夢を、見ていた。長いながい夢だ」

眠りのあとの第一声とは思えぬほど明瞭《めいりょう》で、音楽的な響きの声だった。

魔法使いはどんなと尋ねるように首をかしげた。

「おまえと、レンと一緒に過ごした日々のことをだ。懐かしくて楽しいばかりだった子どもの頃の夢だ」

「どうりで。眠りながらわらってた」

「寝顔を見ていたのか？　いい趣味といえないぞ」

「他にすることがなかった。この一年近く」

会話をしながらも彼女は身体を起こそうとはしなかった。寝たままゆっくり呼吸をする。

これが普通かもしれない。彼女は何年も何年も眠っていた。もしも人間だったら起きるどころか会話も難しかったろう。

龍の娘は胸の上で組んでいた手を解き、片方の手を上へのばした。傍《かたわ》らの魔法使いにではなく、ただ上へ、だ。

まるで、手の届かないなにかを摑もうとするように。

うつくしい一幅《いっぷく》の絵のようだった。

それがパタンと脇に落ち、龍の娘は顔だけ魔法使いに向けた。

「どうしてここに来た。約束を果たしにきたのか。……果たさなければ、ならなくなったのか」

音楽的な声が低くなり、僅《わず》かに震えた。

「ああ。ああ、そうだ」

こたえる声も独特の響きがあった。

「………」

龍の娘は一度開けた目をまた閉じた。

眉根《まゆね》をよせて、しばし何かに耐える。その瞼《まぶた》の隙間《すきま》から透明な雫《しずく》が一筋頬を流れた。

「わたしは、間に合わなかったんだな。……幸せに生きたんだろうな?」

それは確認だった。そうで　なければ許さないとでもいうように。

魔法使いは頷《うなず》いた。

「幸せだった。それは事実だ。祖先がおまえからもらった命だと、大切にだいじに、一時一秒を生きた」

「そうか……それならいい」

目を閉じたまま応えた。それでも胸の内側に暴れる思いに龍の娘は唇を噛《か》んだ。

「会ったかもしれない。夢の中で……会った。会いに来てくれたのかも」

「おまえがそう思うんなら、そうなんだろ。おまえのことを大好きだった」

魔法使いは心配そうに聞いた。

「まだ、起きられないのか？」

「いや、起きられる。でもだらけているんだ。二度寝や朝寝坊は贅沢《ぜいたく》な喜びだからな」

緑色の瞳が悪戯《いたずら》っ子のようにきらりと輝く。魔法使いは短く笑った。

「確かに、ありゃあ大人の特権だ。なあ、起きたらなにがしたい？　これから、なにがしたい。約束通り、一緒にいる」

魔法使いの問いかけに、龍の娘は目覚める前からもう決めていたことを口にした。

「旅をしたい。冒険がしたい。それから……人を幸せにしたい。父様のように、人を笑顔にしたいんだ、タギ」

自分の名が龍の娘から呼ばれた時、魔法使いタギは胸を揺さぶられた。

目を瞠《みは》り、自然にほほえんだ。
龍の娘の勇気に改めて感銘《かんめい》をうけたのだ。
ああと大きく頷き、タギは手をさしのべた。
「じゃあ、また一緒に行くか、シェイラギーニ」
風龍シェイラギーニは寝台から身を起こし、人間の魔法使いタギの手を取った。
ここから再び、伝説に囁《ささや》かれるふたりの旅が始まったのだった。

レヴィローズの指輪
水の伯爵からの招待状
高遠砂夜
イラスト／起家一子

天涯孤独だったジャスティーンは、大きなお城に引き取られる。その城で自称「幽霊」の少年と出会ったが、実は彼は宝玉に宿る、炎の王子と呼ばれる指輪の精だった！　彼に主として認められてしまったジャスティーンは数奇な運命に巻き込まれ!?　魅力的なキャラクターたちが大人気を博したロマンティック・ファンタジー！

人里離れた荒地に聳《そび》え立つ不気味な古城。

いつからそこに存在するのか、その城は番人と呼ばれる人物により管理されており、必要な儀式の時以外は、あまり人が訪れることもない荒涼とした地だ。その地に、今、偶然複数の特別な存在が集まっていた。

魔術師達が喉《のど》から手が出るほど欲している強大な魔力の塊《かたまり》である、大自然の力を保有する宝玉達だ。

そして、その偶然を招きよせたのは、魔術界において何の価値もない無力な少女の存在だった。ジャスティーン・エイド・ダーレイン。現在、炎の宝玉の主となった少女である――。


その日の午後、ジャスティーンは、冷や汗をかいて目の前の光景をはらはらしながら見ていた。母親譲《ゆず》りの長い赤毛の髪が憔悴《しょうすい》のあまりすっかり乱れている。

（どーすんのよ、これ）

目の前では、緊張に空気がピンと張り詰めている。またいつ本物の決闘が始まるかわからない危険な状態だ。もし、決闘になれば、ジャスティーンの部屋は大変な惨状《さんじょう》になるだろう。

部屋の中ではカードゲームが繰り広げられていた。

レンドリア、スノゥ、ソールが一つのテーブルを囲んで座っている。

やして勝負が付いたのか、

「また俺の勝ち。お前ら弱いなぁ」

レンドリアが持っていたカードをふわっと投げた。カードはそのままひらひらと宙に舞う。

鮮やかな輝きを放つ瞳は、人間と見まがうほど生気に満ちたものだが、実際は人ではない。夜のような黒髪と赤いルビィのような瞳を持った炎の宝玉別名レヴィローズ。指輪に宿る精だ。

そのカードを見ながら悔しそうな表情を浮かべるスノゥもまた人間ではなかった。

「いっとくがオレは弱くねえぞ、今のはわざと負けてやったんだ！」

ペンダントに宿る水の宝玉ジェリーブルーである彼は、ペンダントと同じ輝きを宿すサファイアのような蒼い瞳に感情を露《あらわ》にすると、見事なプラチナブロンドを無造作《むぞうさ》にぐしゃぐしゃと掻《か》き回した。外見年齢は十にも満たない子供の彼は、宝玉としてもまだ幼い。

ここでソールが、レンドリアが投げて舞っているカードをひょいひょいと集め、丁寧《ていねい》にシャッフルした。これまた金とも銀ともつかぬ淡い色の髪とブルートパーズの瞳を持った美しい容姿の持ち主だが、彼は宝玉としてはいろいろな意味で特殊な存在だった。

風の宝玉シルフソード――本体は一対《つい》のイヤリングだ。その形状のため、穏やかな「兄」と気難しい「弟」という二つの人格を具《そな》えている。今表に現れているのは「兄」のほうだった。

ふんわりとした柔らかな風に包まれている雰囲気《ふんいき》は優しい。「弟」と違い、声を発することのない兄は行動で自分の意思を示す。

とある事情により、ジャスティーンの叔母《おば》が管理するこのリーヴェルレーヴ城に引き取られてから、ジャスティーンはほとんどこの兄としか接触できない。どうやら兄のソールはジャスティーンを気に入っているようだ。ゲームの面子《めんつ》が足りないから加わってもらえないかとジャスティーンが頼んだ時、あっさりと頷《うなず》いてくれたのだ。

今その三つの宝玉が、世にも珍しい光景を繰り広げている。

決して相容《あいい》れない領域を支配する宝玉同士が、顔を突き合わせてゲームで遊んでいるのだ。他の魔術師達がこの場にいれば目を回すような信じがたい状況だ。

——が、しかし。実際、彼らは決して仲良く遊んでいるわけではない。

闘っているのだ。

すっかりムキになっているスノゥが、シャッフル中のソールのカードを奪い取ると、キッとレンドリアを睨《にら》みつけた。

「もう一回だ、もう一回！」

「何度やっても無駄だって。また俺の勝ちなんだし」

「なんだと、てめっ」

スノゥが席を立ち上がる。その動きにジャスティーンはぎょっとした。

「ち、ちょっと待ちなさいよ、あんたたち、こんなところでケンカしないでよ⁉　約束でしょ⁉」

スノゥとレンドリアが顔を合わせれば、お約束のごとく毎日のようにケンカになってしまう。

水の宝玉であるスノゥは、感情が高ぶるとあたり一面水浸しにしてしまう欠点があった。そのあと掃除《そうじ》をするのはいつだってこの部屋の持ち主であるジャスティーンなのだ。

そこである日、ジャスティーンはレンドリアに、告げた。

『よーく考えてみれば、毎回スノゥを怒らせてるのはあんたでしょう？　だからここはひとつあんたがなんとかしなさいよ』

しかしここでレンドリアは困ったように肩をすくめてみせる。

『なんとかっていわれてもなあ。なんで怒るのかわからないんだよ。そもそもそあいつ、気が短いし』

まったく悪びれない表情だ。自覚のないぶんタチが悪い。

人ならぬ赤いルビィのような瞳には、いつだって、本当の感情は現れない。からかっているのか真剣なのかそれさえもわからないのだ。時々、ジャスティーンは彼がわざと自分を怒らせようとしているのではないか、と思うことがある。普通の人間には考えられないほど永《なが》い時を生きている中で、初めて手に入れた退屈を和《やわ》らげるおもちゃのような存在を楽しんでいるように見える。

（……仲裁役《ちゆうさい》のあたしがここで怒っちゃ駄目よ）

波打つ感情を落ち着かせるように、ジャスティーンは額に手を当てて大きくため息をつく。

『わかったわ。あんたにスノゥを怒らせるなっていうのが無理だってことは。そのかわり、どうせ喧嘩《けんか》するなら人に迷惑をかけないようにして頂戴《ちょうだい》。少なくともあたしの部屋を水浸しにするのはナシよ』

『難しいな。俺が水浸しにしてるわけじゃないし？』

その他人事《ひとごと》のようなのほほんとした言い草に、ジャスティーンの堪忍袋《かんにんぶくろ》の緒《お》が切れかけた。

『あんたが水浸しにさせてるのよ！』

『あー、わかったわかった。考える。ちゃんと考えるって』

そこでレンドリアが出してきた案が、このカードゲームだ。

ゲームをすることで、闘争心が解消されるんじゃないか？　と言ってどこからか出してきたのだ。カードはとても年代もので、かなり長生きのレンドリアが大昔に誰かからもらったものらしい。

「だけどな、ジャスティーン！　こいつの勝った時の顔を良く見てみろよ、絶対オレと同じ気分になるぞっ」

とスノゥにいわれてジャスティーンはレンドリアを見る。

確かにかなり余裕に満ちてふてぶてしい顔をしている。気ぐらいの高い宝玉達の中でもとりわけ扱いにくい存在なのだ。最強の炎という属性を自在に操るレヴィローズという名の宝玉は、生まれながらのわがままと傲慢《ごうまん》さを兼ね備えていた。

「ふーん？　わかった。じゃあもう一回だけお前らにチャンスをやってもいいぞ？」

「上等だっ」

スノゥが受けて立つと、その隣でスノゥの言葉に答えるようにソールが無言のまま先ほどシャッフルしていたカードを並べ始める。

こうしてもう一度三つの宝玉同士の対決が始まった。が。しかし。何故かまたレンドリアの一人勝ちだ。

「やっぱりお前らが俺を倒すのにはあと百年は早いんじゃないか？」

「なんだと⁉」

「まあ、大人になったらまた相手してやってもいいぜ」

レンドリアはそう言って、ぐしゃぐしゃとスノゥの柔らかい銀の髪を楽しそうに掻《か》き回す。

スノゥは悔しそうに席を立った。

「このやろう、やっぱり、てめえとは本気で決着つけるしかねえな」

スノゥの目に闘争の光が宿った。次の瞬間、テーブルに置かれたカードが一枚凍りつく。スノゥはその凍ったカードを手に取ると、レンドリアのほうに飛ばした。しかしレンドリアは余裕でその凍ったカードをパシッと人差し指と中指で取る。

「なにっ⁉」

（ま、まずいわ。とうとう始まっちゃう！）

「ちょっと、あんたたち――」

ジャスティーンが言いかけると、今度は何故かソールが唐突《とうとつ》に席を立った。

「どうしたの？　ソール……？」

ジャスティーンはまさか穏やかなソールが席を立つと思わなかったので、驚いた。するとソールは、ひょい、とスノゥを抱えあげた。

「⁉」

スノゥもかなり驚いたらしい。

「………」

ソールはそのままスノゥを元の席へと座らせる。やがて再びテーブルに置かれていたカードをシャッフルし、スノゥとレンドリアと自分のところに分けて置いてから改めて席に戻った。

「は？」

レンドリアとスノゥは思わず同じ反応でソールを見る。

「………」

どうやらソールはこのゲームが大層気に入ったらしかった。

★

ゲームを終え、完膚《かんぷ》なきまでに叩き潰されてヘコんだスノゥが、ソールに慰められるように部屋を出ていった後、ジャスティーンの部屋の窓をコンコンコンと叩く音がした。驚いて音のした方向へと目を向けると。一羽の鳩が、窓を嘴《くちばし》でノックするように突いていた。

(なに、あの鳩)

ジャスティーンは青い目を見開くと急いで窓を開けた。一枚の封筒が窓辺に置かれている。それは一通の手紙だった。よく見ると、横長の封筒には印が押してあった。この印には見覚えがある。重々しい龍の印は、水の属性を意味している。ジャスティーンは嫌な予感がして凍りつく。

「これって」

それでも恐る恐るジャスティーンは封筒を開けた。

『ジャスティーンへ。

今度私はパーティを開こうと思う。そこで君たちを是非《ぜひ》我がパーティに招待したい。出席か欠席かを選んで1から3の番号に丸をつけ返信してくれたまえ。

それでは返事を楽しみにしている。

1、出席
2、出席
3、出席
※注　なお、出席の場合、各自私へのプレゼントを用意し、当日持参すること。
水の伯爵より』

ジャスティーンはパサ、と手紙を落としてしまった。

その手紙をいつの間にか拾い上げたレンドリアが、好奇心に赤い瞳をきらきらと輝かせていた。

「なるほどプレゼントか。よし、この俺が考えてやる。こういうのは得意だ」

「得意？　あんた宝玉のくせに誰かにプレゼントを用意したことあるの？」

「ない」

「ない！　ないって……それじゃ得意も何も」

「心配するな。ようするにプレゼントだろ？　それくらい俺にだってできる」

「い、いや、あんたは余計なことしなくていいから……そもそもあたしはまだ出席する気は

「……な」

「大丈夫だまかせておけ」

「駄目よ、断るんだから」

「でもその招待状、出席の選択肢《し》しか存在していないぞ」

「作るわよ。なんとしてでも欠席の欄《らん》を！」

こうしてジャスティーンは丁寧《ていねい》にお断り申し上げる手紙を書き、返事を待っていたらしい鳩に託して返したのだった。

★

翌日の朝。昨日の鳩が不満そうに舞い戻ってきた。

どうやらまたしても伯爵からその返事を運んできたようだ。鳩はすんなりとジャスティーンが役目を終わらせさせてくれなかったために腹を立てているようだ。手紙をテーブルの上に落とすとジャスティーンの頭をつついた。

「いたたた」

鳩は鬱憤《うっぷん》を晴らして再び飛び去った。

（あれ、実は本当は伯爵の変身した姿だったりしないわよね……）

思わずそう思いたくなるほど感じの悪い鳩だ。

それでも気を取り直し、ジャスティーンは新たに届けられた手紙にしぶしぶ目を通す。

『ジャスティーンへ。君たちとパーティで会えるのが待ち遠しいよ。それではパーティまでに風邪《かぜ》を引かないよう注意して過ごしたまえ』

「…あたし断ったはずなんですけど……」

ジャスティーンは青ざめた。どうやら伯爵は手紙でもジャスティーンの話をまるで聞く気はないらしい。

（だ、駄目だわ。この人。まったく人の言うこと聞く気がない……なんとかしないと）

とりあえず、ジャスティーンは第三者に相談してみることにした。

最初にやってきたのは、水の伯爵と仲の悪いダリィの部屋だ。ジャスティーン自身ダリィと仲良しとは決していえなかったが、それでも共通の敵がいれば手を結ぶことは可能だった。

しかし当のダリィはいつになく上機嫌でジャスティーンを迎え入れた。

「あら、ジャスティーン」

その首にはペンダントがさがっている。スノゥの本体であるジェリーブルーだ。

本来ならば水の一族が管理するはずの水の宝玉は、とある事情でジャスティーンの元にやってきてから、いつの間にかどさくさにまぎれてすっかりダリィの私物と化していた。

「ふふん。それならば、当然、わたくしもいただきましてよ」

指にくるくるとブルネットの巻き毛を巻きつかせながら、気の強そうな紫の瞳に得意げな光を湛《たた》える。

「え？　あんたももらったの？」

ジャスティーンは目を見開いて驚いた。

「ちなみにシャトール・レイもです」

「シャトーも？」

（なんだかますます嫌な予感がするわ。なにを企《たくら》んでいるのかしら？　水の伯爵ったら）

「もちろんお断りするわよね？　あたしもそのつもりなんだけど、お断りの手紙を送っても、出席を促す返事しかこないのよ。こういう時っていったいどうすればいいと思う？　いっそのこと無視でもしようかと思ったんだけど、そんなことしてまたどんな嫌がらせをされるかと考えると迂闊《うかつ》に無視もできないし」

なんといっても相手は腕のいい魔術師なのだ。魔力を使って誘拐《ゆうかい》も同然に連れて行かれることなど日常茶飯事《さはんじ》のジャスティーンは本気で困っていた。しかし、

「あら、わたくしは出席しますわ。断るなんてとんでもない話です」

「え？」

いつになくダリィが乗り気な態度で大きくうなずいている。

「本来ならば、即、欠席に丸をつけ送り返しているところですが今回は違いますわ。わたくし、

考えに考え抜いて、出席に丸をつけましたの！」

ジャスティーンはダリィの方を見た。ダリィは腰に手を当ててふんぞり返っている。

「水の伯爵といえば敵。わたくしたちをパーティに招待するなど怪しすぎですわ。しかし、今回ばかりはこのわたくし、直々に参加してさしあげようと思ってますの」

「……で。一体あんたの方の手紙には、なんて書いてあったわけ？」

とても気になったジャスティーンが、思わずダリィの机においてある水の伯爵からの手紙を見ようと手にとると、それをダリィが横からまるで渡すものかと言わんばかりにさっと取り返した。

「さあ、あなたもこれよりすみやかにプレゼントの準備をするのですわ」

「……今ちょっとごまかしたでしょ？　一体その招待状に何が書いてあるのよ？」

「何をごたごたと余計なことを？　もはや私語は無用です！　さあ、この招待状に書いてあるとおり、すぐにプレゼントの準備にかかるのですわ。わたくしはあなたと違ってプレゼント選びに限らず流行のドレス選びに優雅な髪型セットに宝石選びへと忙しいのです」

ダリィがごまかすようにがたっと席を立ち上がると、ダリィの手紙がふわりと飛び上がった。とっさの反射神経でジャスティーンはそれをはっしと受け止める。

「んま、ジャスティーン！　人に送られてきた招待状を勝手に見るだなんて、品がありませんわ！」

慌てて取り返そうと手を伸ばしてきたダリィを押しのけて、ジャスティーンは招待状にすばやく目を通す。ダリィに送られてきた水の伯爵からの手紙は、ジャスティーンに送られてきたものと同じ便箋《びんせん》だ。

「え、なになに？　『ダリィ・コーネイルへ』――。なんだ。あたしにきたものとまったく同じ文じゃない――ん？」

ここでジャスティーンは最後の部分に、自分用の手紙にはなかった一文を発見した。

『※おまけ※　もし出席すると君にいい事がおこるよ。ジャスティーンよりもレヴィローズと仲良くなるチャンス到来かも？』

ジャスティーンは、ダリィ宛《あて》の手紙にだけ存在する※おまけ※の欄《らん》を見て唖然《あぜん》とした。

思わずダリィを振り返る。

「だ、ダリィ……あんたって人は……」

ダリィはただおまけの欄に釣られていただけだった。


最後の頼みの綱《つな》であるシャトーの部屋にやってくると。

シャトーは肩までしかない癖《くせ》のない絹の糸のような金髪を微《かす》かに揺らし、小さくため息をついた。

「水の伯爵がその気になっているのなら、断るのは不可能だと思う」

静かな水のような濃い碧《あお》の瞳と、陶器《とうき》のようななめらかな肌は、人形めいている。童顔の彼女はジャスティーンより年下に見えるが、実際は一つ年長の少女だ。

ダリィとは違い、聡明で誠実な彼女は胡散臭《うさんくさ》い魔術界の中で稀《まれ》に信用できる存在だ。

そのシャトーにそんなふうに言われてジャスティーンはかなり動揺《どうよう》した。

「そ、そんなシャトーまで」

「たぶん、水の伯爵が用があるのは、ジャスティーンかレヴィローズだけだと思う」

「じゃ、なんで、シャトーとダリィの所にも招待状が送られてきているのよ」

「ダリィを釣ればジャスティーンも必然的に巻き込まれることを知っているから」

シャトーの言葉に何を言いたいのか理解できた。確かにダリィがその気になればシャトーがまず巻き込まれる。そして、否応《いやおう》なしにレンドリア絡みでジャスティーンが巻き込まれるのだ。

「……でもこれって本当に普通のパーティへの招待だと思う？」

諦めの心境でジャスティーンが尋ねると、シャトーは小さく肩をすくめた。

「あの人が普通のことをすることはないから」

「でしょうね……」

それでもたぶんこうなったら断ることはできないのだろう。このまま断り続けてもダリィに引きずられていくか、最悪〝迎え〟と称して誘拐されそうだ。

（何があるのか知らないけどこうなったら仕方ないわ。とりあえずシャトーが一緒ならなんとかなるかもしれないし）

なんせ魔術師の中で彼女が一番頼れるのだ。

どうせ拒《こば》めないのなら、シャトーの傍から離れないで身の安全を優先するしかないだろう。

嫌々ながらにジャスティーンは改めてパーティの招待状の返事を出した。

★

当日、準備万端用意を整えると、水の伯爵からの使いの馬車がやってきた。

「さあ、出発ですわ」

張り切って馬車の前に立ったダリィが胸に抱えているのは、高価すぎるリボンに装飾された金色の包みだ。たぶんダリィが用意した伯爵へのプレゼントだろう。

しかし、それよりも。ジャスティーンは気になることがあった。ダリィの耳元に見たことのあるものがぶら下がっていることに気づいたのだ。思わず冷や汗をたらたらと流してしまう。

「あんた……その耳にぶら下がっているそれはまさか……」

ダリィの耳元にきらきらとした美しいイヤリングが輝いていた。

「もしかしてもしかしなくも風の宝玉シルフソード――」

「しっ！　お黙りなさい。ヴィラーネ叔母様《おばさま》にばれたらどうするのです？」

なおも何か言おうとするジャスティーンの口元を押さえると、すばやく左右を見回し、ダリィは言った。

「わたくしは善意でこれをつけているのですわ」

「ぜ、善意？」

ダリィが示すとそこになんといつの間にかソールが立っていた。

「ソ、ソール？」

状況が理解できないジャスティーンの目の前に、ソールが無言のまま、なにやら封筒を差し出してくる。それはジャスティーン達が受け取った招待状と同じものだ。

（まさか伯爵ったら、ソールにまで招待状を送ってきたんじゃないでしょうね？）

確かめると案の定《あんじょう》間違いなくソール宛《あて》の招待状だ。

「あんたも行くの？」

ジャスティーンが問いかけるとソールはこくりと頷《うなず》いた。

ジャスティーンは頭を抱えたくなった。一体何を考えているのか、水の伯爵は。

宝玉は本体から離れられない。故に、宝玉を遠方につれていく時は、本体も一緒に運ばなければならないのだ。その上シルフソードは大気の〈泉〉という特殊な〈泉〉で寿命を延命している。

風の宝玉は長く風の番人の屋敷の所にあったが諸々《もろもろ》の事情により、今は地の宝玉グレデュースの力を借りて、大気の〈泉〉をこのリーヴェルレーヴ城に出現させてもらっている。風の宝玉でありながら、事実上炎の一族に保護されているのだ。

そのため持ち出し禁止のはずなのに。

（どーすんのよ。こんなこと叔母様にばれたりしたら）

大気の〈泉〉から長く離してはきっと大変なことになる。

ジャスティーンは震え上がった。

「とにかく返してきなさい」

「嫌ですわ！」

断固としてダリィは譲《ゆず》らない。宝玉の主になるために日々精進《しょうじん》してきたダリィは、レンドリアをジャスティーンに獲《まも》られてから、なりふり構っていない。本命はあくまでレヴィローズだが、隙《すき》あらば他の宝玉も手に入れようと画策《かくさく》するのだ。

「わたくしはシルフソードのためにそうしているのですわ」

言いつついそいそと耳元のイヤリングを撫《な》でる。

「でも、ソールは〈泉〉から長く離れられないのよ」

「その点は大丈夫ですわ。よくごらんなさいな」

ダリィは自信満々にシルフソードを示す。言われるままに、ジャスティーンがイヤリングを見つめると、いつもよりきらきらと輝いて見えた。

「あ、水」

　よく見るとシルフソード全体が遠目では気づかないほど薄く水に包まれていた。

「シャトール・レイにしてもらったのです」

「シャトー、あんたまたこんなことやらされて……」

「気がすすまなかったけれど、ダリィはとめてもきかないから」

　小さくため息をつく、シャトーの様子にジャスティーンはなんとなく想像がついた。シルフソードを持ち出そうとするダリィをとめても無駄ならば、せめてシルフソードの負担を軽くしようと考えたのだろう。

〈いつも思うけど、シャトーってやっぱりすごい魔術師なんだわ。こんなことときっと普通の魔術師ならできないに違いないもの〉

　ジャスティーンが現れるまでは、ダリィと並んでレヴィローズの主候補の一人だったのだ。今さらながらに感心する。

「でも長くはもたないから」

〈泉〉からの水の量が圧倒的に少ないのだ。これだけの量でシルフソードの命を長く保つのは難しい。

「わかったわ。できるだけ早く終わらせちゃいましょう?」

シャトーの耳元でジャスティーンがこっそりと囁《ささや》くと、シャトーも小さく頷《うなず》いた。それでもジャスティーンは内心不安だった。果たして水の伯爵の元にいって、素早く帰ってこられるだろうか？　彼の目的さえも今はわからないのに。

不安な気持ちを押し殺し、ジャスティーンはソールに向き直ると尋ねた。

「本当に行く気なの？」

もう一度確認するように尋ねるとソールは頷いた。どうやら準備万端のようで、手には布に包まれたなにやらプレゼントらしきものも抱えている。すっかり行く気になっていた。それを見て、ジャスティーンはそれでも来るなとは言えない。仕方なく、ジャスティーンはわざと大きくため息をついてみせた。

「いっとくけどあたしは知らないからね。ダリィが責任を持って管理してよ。貴重なシルフソードをなくしたりしたら大変なことになるのよ」

今のジャスティーンにはそう言ってのけるだけでせいいっぱいだった。そんなジャスティーンの内心など気づかず、ダリィは大切そうに、シルフソードに触れる。

「わかってますわ。これはわたくしのものです。誰にも渡しませんわ」

「いつからあんたのものになったのよ！　ってゆーか、さっきから気になってるんだけど、あんたの抱えてるそれ、プレゼントよね。ずいぶん大きくて薄いプレゼントね。それはなに？」

「わたくしの似顔絵が描かれている豪華な大皿ですわ」

「は？」

思わず聞き返してしまう。

「急遽《きゅうきょ》有名な工房に作らせましたのよ。今はやりのデザインで……」

「いや、だから問題はあんたの似顔絵のところよ」

「ええ。そこが一番のこだわったところですわ。有名な画家に実物そっくりに描かせましてよ。わたくしの美貌《びぼう》がそのまま大皿に写し取られたそれはすばらしい大皿です。何か問題でも？」

「……ううん。べつに……」

そのようなものをもらっていったい誰が喜ぶのか、といった突っ込みをジャスティーンはぐっと飲み込んだ。たぶんダリィとは常識が違うのだ。絶対わかりあえない。

(まあ、なんか食べ物でも上に載せちゃえば見えなくなるし、いっか)

たぶんダリィとしては飾り皿として作らせたのだろうが、それこそ無駄以外のなにものでもないシロモノだ。

ダリィのプレゼントを知ってジャスティーンは、他の面子《めんつ》のプレゼントまで心配になって来た。それまで珍しく、おとなしくジャスティーンの隣にいたレンドリアに向かって尋ねる。

「――で。レンドリア、あんたは何を持って来たわけ？」

よく見るとレンドリアの服の胸元が前にせり出している。どうやら中に何か隠しているようだ。そこから、ゲコ、と変な音が聞こえてくる。

「……？」

するとレンドリアはひょい、と胸元からそれを取り出して前に出してきた。ジャスティーンは思わず飛びのいた。

「か、カエル⁉」

「かわいいだろ。このサイズを捕まえるの結構大変だったんだぜ？」

普通のカエルよりも一回りも二回りも大きなカエルだった。

「ちょっと、あんた、いくら伯爵が嫌いだからってカエルはないわよ⁉　それにカエルそのまんま持ってきちゃって！」

「心配するな。ちゃんとプレゼント仕様にしてきてあるんだ。ほら」

よく見るとカエルの右足に小さなリボンが結ばれていた。

ジャスティーンはとりあえずレンドリアをベシ、とはたいておいた。

（何が俺に任せておけよ。ああ、ホントこんなやつに任せなくてよかったわ）

これがジャスティーンからのプレゼントだとばれたら、あとでどんな恐ろしい罰が待っていることか。

ダリィ、レンドリアと続いて、まともなプレゼントを持ってきているものが現時点で一人もいない。

（というより、どっちもほとんど嫌がらせ…）

ジャスティーンは、大切そうに自分の似顔絵つきの大皿を抱えるダリィと、大切そうに大きなカエルを抱えるレンドリアを見てため息が出た。

このままではパーティの後、伯爵に笑顔で恐ろしい〝お返し〟がありそうだ。

「ソール。あんたは何を持って来たの？」

「……」

声をかけられたソールは、それまで手に持っていたプレゼントを見せてくれた。布に包まれたプレゼントの中身は籠《かご》だ。そこから何かを取り出してくる。

蛇苺《へびいちご》と得体の知れないキノコだった。キノコの方はかなり派手な模様と色をしており、おそらく毒キノコである。

「おい、それ絶対庭に生えてたの適当に摘《つ》んできただろ」

レンドリアはソールから蛇苺を一粒とってカエルに与えた。

カエルはもぐもぐと蛇苺を食べた。

(このカエル、蛇苺を食べたわ！　すっごい変！)

どうやらレンドリアの捕まえてきたカエルも普通のカエルではないらしい。

出発前からジャスティーンは急にこの集団をまとめる自信がなくなった。

「そういうジャスティーンこそ。あなたは一体何を持ってきたのです？　あなたのほうこそなんだか形がおかしいですわ。いったいあれは何です？」

布に包まれた細長い包みの他に、もうひとつ包みがあった。

「あたし？　あたしはとても実用的でみんなが生きてくために絶対に必要とするあれよ」

ジャスティーンが持って来たのは麦わら帽子と長靴《ながぐつ》に鍬《くわ》、そして首にまくタオルだった。

「まあ、ジャスティーン！　あなたという人は……！　信じられませんわっ」

ダリィが右頬に手を当ててジャスティーンを見ながら二歩下がった。ダリィのその様子に、ジャスティーンはムッとする。

「何よ、なんか悪いわけ？」

「悪いも何も、これだから貧乏人は。人にプレゼントするということがどういうことなのかまったくわかっていませんのね」

「あんたに言われたくないわよ……」

ジャスティーンとダリィが言い争っている間に、レンドリアは勝手にソールの首にタオルをまいていた。

「おい、ジャスティーン。これ首にまいたらなんか一気におっさん化するぞ。なんでだ？」

ジャスティーンの持ってきたプレゼントはレンドリアによって全てソールに装備されていた。

「ソールになんてことするのよ！」

ジャスティーンはレンドリアをハタいたあと、ソールにかぶせられた麦わら帽子と首にまかれたタオルをとってやった。

「おまえ、シルフソードに使えないものをプレゼントにしてどーすんだよ」

「あんたのプレゼントよりはずっとましよ！」

「どうやらこの中でまともなプレゼントはわたくしだけのようですわね」

　額に手を当ててふうとため息をつくダリィに「いや、一番ひどいのあんたのだから」と言い返す。それからジャスティーンはシャトーに目を向ける。

「シャトーは？　何を持ってきたの？」

「私は大したものでは」

　シャトーは掌《てのひら》に収まるほど小さな包みを見つめた。

「普通のプレゼント」

　紙に包まれているので開いてみせることはできないらしい。

　しかしこのメンバーの中で唯一まともそうだ。

　馬車に乗る際、ジャスティーンはレンドリアの肩を摑《つか》んで引き止めると言った。

「あんた、行くと決まったからには、途中で絶対消えたり逃げたりしないでよ？」

「わかってるって」

　軽い口調で調子よく答えるレンドリア。

　念をおしておかないと、気まぐれなレンドリアはいつ逃げるかわからないのである。

ジャスティーン達が馬車の席に座ると、ふと何かを忘れているような気がした。絶対に何かがたりない。

「ねえ、なんか忘れている気しない？」

するとレンドリアが言った。

「あー、そういえばな」

ジャスティーンの言葉に答えつつ、レンドリアは出発前の為、まだ開いている馬車の扉から外をチラ、と流し目で見た。その後まるで猫がストレッチでもするように肩をまわした。

「何？」

ジャスティーンは首をかしげた。あと少しで思い出せそうで、やっぱり微妙に思い出せない。

レンドリアはジャスティーンの代わりに馬車の扉をシャッと閉めてから言った。

「ま、いっか」

すると、閉めたばかりの扉が突如バッと開いたので、ジャスティーンはびっくりした。

「ま、いっか、じゃねえっ。てめぇ、さっきオレと目ぇあった後に扉閉めやがったな。ちゃんと見てたぞ⁉」

スノゥだった。

「あ、わりぃ」

「わりぃじゃねえっ。絶対オレを置いていく気満々だったろ⁉」

「まさか。考えすぎだ。みんなで出かけるのに、可愛《かわい》いマスコット的ポジションのおまえを俺が置いてくわけないだろ？」

そのわざとらしい言い方にごまかされるスノゥではない。なおもスノゥが口を開こうとすると、慌ててジャスティーンは言った。

「スノゥ！　本当ごめんね。ついつい水の伯爵のところに行くもんだから緊張しちゃってて。でもやっぱりスノゥがいないと不安なところだったわ、本当よ。そもそも水の伯爵はなんといってもあんたの番人なわけだし、他の誰をおいてってもあんただけは連れて行くに決まってるじゃない」

ジャスティーンはうっかりスノゥの事を忘れていたことを素直にあやまった。隣のレンドリアはひょい、とカエルを膝に抱え、よしよし、と撫《な》でてみせた。

「そうそう。怒るなって。ほら、こいつ今だけ貸してやるから。和《なご》むぞ」

レンドリアはカエルをスノゥに紹介するように差し出した。

「和むかっ」

（ほんとにもう。最初から大騒ぎなんだから、この先どーすんのよ）

早くもジャスティーンは頭が痛くなってきた。

★

馬車が出発してどれだけ経っただろうか？

ダリィが馬車の窓から外を見て言った。

「さあ、あれは水の伯爵の屋敷のあるジゼルの森ですわ、もうすぐつきましてよ！」

「よかった、やっとついたのね」

ダリィの言葉にジャスティーンもホッと胸を撫で下ろした。どうやら思ったより時間がかからなかったようだ。きっとまた魔術の近道を通ったのだろう。シルフソードのこともあるのだ。旅は短ければ短いほどいい。

しかし、馬車は何故か森が近づいても速度を落とすどころかどんどん加速していく。

「はい？」

ジャスティーン達の期待とは裏腹に、一行が乗る馬車は、猛スピードでビューッとジゼルの森を通過した。

「ちょっとぉ!?」

思わずジャスティーンは馬車の窓から顔を出す。瞬く間に伯爵の屋敷のあるはずの森を通り過ぎていく。

「どういうことよ、これ」

「知りたいのはわたくしですわ。いったいこの馬車はどこに行くのです？」

「あんたの知らないことをあたしが知るわけないじゃない」

何かを確かめるようにレンドリアがひょいと窓の外から体を乗り出した。

「レンドリア、落ちるわよ、気をつけて」

ジャスティーンの心配も意に介さず、レンドリアは御者の席を見ながら言った。

「おおい。御者がいないぞ」

「え？」

「勝手に進んでるな、これは」

「だって乗る時には、ちゃんといたわよ」

「途中で消えたんじゃないか」

「ちょっと待って。そんな、途中で落ちたの？　馬車をとめなきゃ」

動揺《どうよう》するジャスティーンの手を宥《なだ》めるようにシャトーが取った。

「たぶん、落ちたんじゃない。消えただけ」

「え？」

「馬車は走り続けている。たぶん、目的地まで止まらない」

「でも」

「理由はわからないけれど、水の伯爵は、私達をまったく知らない場所へと運んでいるよう」

それを聞いてジャスティーンは青ざめた。

(やっぱり！　水の伯爵がただあたし達を招待するわけがないのよ！)

いったいどこに連れていかれるというのか。


やがて日が暮れかけた頃、ようやく今度こそ目的地が見えた。

ジャスティーン達を乗せた馬車が大きな門を潜り抜け、手入れの行き届いた庭園を通り過ぎたあと屋敷の前までやってくると、まるであらかじめ到着を知っていたかのように、大きな窓が開いた。屋敷の中からとても良いにおいがする。すでにお腹がすいていたジャスティーンはそのにおいから、かなり豪華なご馳走《ちそう》が用意されているということがわかった。

(あれはスープのにおいだわ。肉と野菜とバジルの焦げた香ばしいにおいもする。おいしそう)

思わずお腹がなりそうになって慌ててジャスティーンは手でお腹を押さえた。

「まあ、ジャスティーン。あなたさきほどから怪しいですわ。一体どうしましたの？」

「べ、べつに？」

ジャスティーンはごまかすように言った。

水の伯爵の招待など迷惑なだけでまったく期待していなかったが、おいしい料理が待っているとわかって少し胸がときめいてしまった自分の不甲斐《ふがい》なさに、ジャスティーンは当初の目的を思い出す。

（忘れちゃ駄目よ。招待者は水の伯爵なんだから）

屋敷に到着したが、迎えに出るものはいなかった。ジャスティーン達は御者のいない馬車から降りて少し待ってみたが、誰も現れない。

「まったく、水の伯爵ときたらご自分から招待しておきながら、いったいなんてことですの？　無礼千万極まりないですわ」

「じゃ帰っちゃおうか？」

憤《いきどお》るダリィにジャスティーンが提案すると、ダリィは「とんでもない」という顔をした。

「ここまできて、何を言っているのです？　長旅を馬車の中で耐えたのはこのままおめおめと逃げ帰るためではございませんわ！　伯爵がその気ならこっちにも考えがあります」

「お願いだからダリィ。騒ぎだけは起こさないでよ」

ずかずかと玄関ホールに足を踏み入れながら、ダリィが仕切るようにして言った。

「とにかく、わたくしについてくるのですわ」

脈絡のない自信とともに、屋敷内を突き進もうとするダリィをジャスティーンももう止めない。戻ることが不可能ならば、ダリィの言うとおり、前に進むしかないとわかっているからだ。

ここでダリィはくるりと振り返ってレンドリアの元へ小走りで向かい、腕を組んだ。

「さあ、レヴィローズ。わたくしと一緒にまいりましょう」

「や。俺はジャスティーンと」

「大丈夫ですわ。わたくしがついております。ささ、レヴィローズ、こちらへ」

腕を引っ張られ、レンドリアは上機嫌なダリィに強引に連行されていった。

(ダリィ、絶対伯爵の手紙に書いてあった〝おまけ〟のとおり、レンドリアと仲良くなるつもりなんだわ)

回廊《かいろう》を通り、広間につくと中は豪華なパーティ会場になっており、ご馳走《ちそう》が並んでいた。デザートのケーキも食べ放題で、いろいろな種類のものが並んでいる。壁やテーブルの上には灯りと装飾を兼ねて大きな蠟燭《ろうそく》に火がたくさん灯されていた。

日は落ちかけていたが、広間は程よい明るさに包まれている。

(わあ、本当においしそう……)

思わずテーブルの上のご馳走に手を伸ばしそうになったジャスティーンはここでハッとする。

(このお料理だって水の伯爵が用意したものよね? 迂闊《うかつ》に食べて変なことになったら大変だわ。さすがに毒は入ってないにしても、しびれ薬とか眠り薬とか入ってたら怖いし……)

本音では食べたくてたまらないのに、疑いのあまり食べられないジレンマに陥《おちい》り、ジャスティーンは悩む。それでも誘惑に負けそうになりながらも、今は待てと自分に言い聞かせた。

まずは彼の真の目的を確かめるまでは、不用意に料理に手はつけるべきではない。

(もったいないけど我慢我慢)

名残惜《なごり》しい気分を切り替え、ジャスティーンは辺りを見渡す。しかし、こんなに豪華な料理まで用意されているのに、なぜか自分たち以外の者の姿がなかった。

「まあ、誰もいませんわ、なぜですの?」

ダリィの言葉にジャスティーンももう一度、視線を周囲に廻らせる。すると壁際の休憩用のソファーの上に小さな人影が見えた。

小さな男の子がソファーの上にちょこんと座っていたのだ。遠目にも目を引く容姿だ。淡いブルーがかった髪の色と琥珀《こはく》色の瞳。スノゥよりまだ二つ三つ幼い姿——。

その大きな瞳がジャスティーンと真正面から合う。不思議な印象の残る目だ。

けれどどこんな広い会場にたった一人で何をしているのだろう?　衣服は貴族の子供のもので使用人ではないことだけはわかる。

「あの子……?」

(誰……?)

ジャスティーンが呟《つぶや》くと、突然子供はひょいと立ち上がり、ちょこちょことこちらへと小走りで近寄ってきた。それに気づかず歩き続けていたダリィに、ジャスティーンは思わず声をあげた。

しかしダリィとぶつかる直前、子供はすっと透き通り、跡形もなく消えてしまった。

「あ！」

（えっ、どういうこと⁉）

思わずジャスティーンはぽかんとした。

ダリィには今の子供の姿が見えなかったのだろうか？　慌ててジャスティーンが周囲を見回すと、先程まで立っていた場所とは違う位置に、再び子供の姿が見えた。

（……？　なんで⁉）

ジャスティーンと目を合わせると、〝彼は〟にっこりと笑いかけてきた。驚きに息を呑《の》むと子供は突然、首にさげていた笛をピリリとならす。

すると、ザーッとダリィの頭上に滝が降ってきた。

「きゃあああっ。何ですのっ⁉」

なんと、ダリィにだけ、天井から降る滝が直撃したのである。

「だ、ダリィ、大丈夫⁉」

「大丈夫じゃありませんわーっ！　わたくしのお気に入りの流行のドレスがっ！」

ダリィの自慢の髪型もすっかり崩れてしまっていた。しかも滝は現在進行でダリィめがけて降り続けている。

ソールが会場内にあったグラスをとり、ダリィの隣に立ち、彼女をねらう滝の水を優雅な仕草で汲《く》み取った。その水の入ったグラスをスノゥに渡す。

　スノゥがその水を見て言った。

「これ魔術で作られた水だぜ」

　ジャスティーンは驚き、子供を見た。子供はふふふふ、と無邪気に笑っている。あまりのことにジャスティーンがその姿を凝視していると、そのままふわっ、と姿を消した。それと同時にダリィを狙う滝も消えた。不思議なことに辺りに水は飛び散っておらず、ダリィだけが濡れそぼっている。しかもダリィの体から水滴が床に落ちる寸前、その水滴は溶けるように消えてゆくのだ。こんな芸当は水の宝玉であるスノゥにもできない。

（いったい、何なの？　あの子）

　しかもどうやらあの子供の姿はジャスティーン以外誰にも見えていないようだ。深く考えると怖い結論にたどりつきそうになり、ジャスティーンはぞっと背筋を震わせた。

　すると、ジャスティーンの肩にポン、と手がのる感覚がした。

「ひっ」

　ジャスティーンが震え上がりながら振り向いた。

　ジャスティーンの肩を叩いたのは、ソールだった。彼は何やら手のひらサイズの小さな箱を持っている。

「なんだ。ソールったら驚かさないでよ……あら、これを見つけたのね？」

こくり。ソールが頷《うなず》いた。

無言のままソールはその箱を皆の前で開けた。すると、辺りはもくもくとした白い煙に包まれる。普通の人間ならば今頃咳《せ》き込んでいたに違いない。しかし宝玉であるソールは顔色一つかえず箱の中を不思議そうに見ている。やがて煙が消えるとカードが箱の中に入っていた。

そこには、

『パーティへようこそ。楽しみたまえ。そして水に注意したまえ』

と書かれていた。

もう遅いのでは、とジャスティーンはダリィをちら、と見て思った。

「きっとこれは水の伯爵の仕業《しわざ》ですわ。わたくしたちをからかったのですわ。なんて憎たらしいっ」

頭から水滴を滴《したた》らせ、ダリィはハンカチを嚙《か》みながら言った。

★

「じゃあ、スノゥもこの屋敷に来たのは初めてなのね？」

ジャスティーンの質問にスノゥは頷いた。

「ああ。オレはこんなところには一度も来たことねえよ。そもそも、リィアードのやつが何をたくらんでるのかオレにもよくわかんねーし。あいつ、オレにまで招待状をよこしやがったんだぜ？　水の宝玉であるこのオレにまでよ。まああいつは昔からいつもこんな感じだったけどな」

スノゥの話によると、水の伯爵の屋敷に共に住んでいた頃も、伯爵はいかにも怪しげな友人を呼んだり、しばらく何処《どこ》かへでかけたりしていたらしい。水の伯爵の行動は水の宝玉であるスノウにとっても理解不能な部分があるのだ。

「それに、オレここ最近ずっとジャスティーンのところにいたし。ここしばらくあいつとは会ってねえからな」

水の宝玉の番人でありながら、スノゥをジャスティーンのところに預けていても取り戻す様子もない水の伯爵だ。

（よく考えるとスノゥってひどい扱われ方よね）

虐《しいた》げられすぎて、自分が軽んじられていることも気にならなくなっているスノゥが可哀想《かわいそう》になってくる。本来ならば宝玉は一族にとって何よりも大切な宝のはずなのに。水の伯爵は自分が守るべき宝玉を軽んじすぎている。

「……………」

しかしそんなジャスティーンの気持ちに気づかず、スノゥはきょろきょろと周囲を見回し、辺りの様子を窺《うかが》った。

「まあ、箱に奴のメッセージカードが入ってた時点でこの屋敷に潜んでそうだけどな」

「ということは、水の伯爵はこの屋敷のどこかに潜んでいる可能性が高いってわけね？」

「たぶん……」

「わかったわ。それじゃああたし達みんなで水の伯爵を探しましょう」

「でもあのリィアードがそう簡単に見つかると思うか？　俺たちをこの屋敷に呼んで、メッセージカードまで残して潜んでるんだぜ？」

「た、たしかに」

確かに水の伯爵はジャスティーン達をまねき、楽しんでいるようにしか思えない。

すると、それまで黙って様子を眺めていたレンドリアが口を開いた。

「もしかしたらあいつの事だから、一応ヒントとか残して、俺たちに探させようとしてるんじゃないか？」

その言葉にジャスティーンはピンと来た。

「レンドリア、あんたどうしたの？　今日はかなり冴えてるじゃない」

水の伯爵の事だから、この広間に何かを残しているに違いない。

皆でしばらく広間を探すことになった。濡れ鼠《ねずみ》になったダリィに、シャトーがどこからかタオルを見つけ出してきて渡すと、頭にタオルをかぶせたまま、ダリィは復讐《ふくしゅう》を誓った。

「見つけたらただではおきませんことよ、水の伯爵」

ジャスティーンもテーブルクロスを捲《めく》り上げたり、料理ののったお皿を持ち上げてみたりしながら、あるかどうかもわからない〝ヒント〟を探し続けた。しかしなかなか見つからない。

（本当にあるのかしら？　でも水の伯爵ってそういう変な性格なのよね。きっと巧妙に隠してあるに違いないわ）

レンドリアが壁の前で立ち止まった。

「おーい、ジャスティーン。ここだけ色が変だぞ」

壁のところに、少し柄の違う壁紙があった。本ほどの大きさの部分だけ、たしかに微妙に柄が違う。あまりにもわざとらしい〝ヒント〟に、ジャスティーンは眩暈《めまい》がした。

あまりにもこれ見よがしすぎてかえって見逃してしまっていたのだ。

すると、後ろからダリィの声が聞こえた。

「まあ、さすがですわ、レヴィローズ！　さあ、ジャスティーン、その壁紙をさっさととっぱらってしまうのですわ！」

「あ、でも人の家だし、壁紙をはがすってわけには」

「かまいませんわ。わたくしが許します」

他人の屋敷の高そうな壁紙を剝がす行為に躊躇《ためら》いを感じたジャスティーンだったが、ここで迷っていても始まらない。

（ええい、ままよ）

思い切って、ベリッと壁紙をはがすと、壁に小さな掌《てのひら》ほどの扉があった。扉にはノブはなく、指がかろうじて引っかかる程度の窪《くぼ》みがあった。ジャスティーンがその窪みに指をかけて手前に引っ張ると、あっさりと開く。

「なにこれ？」

そこには四角いボタンのようなものがあった。しかもその下に、メッセージが書かれたカードが貼られており、ボタンに向けて手書きの矢印が引かれており、こう書かれていた。

『良い子は押しちゃダメ。危険☆』

ジャスティーンは青ざめた。いかにも水の伯爵らしい一文である。その一文が見えたのか、気づくとダリィはいつのまにかずいぶん離れた場所へと下がっていた。

「さあ、ジャスティーン。早くそのボタンを押すのですわ」

「人にボタンを押させようとしてるわりに、あんたちゃっかり安全なところに避難しちゃってるじゃないの」

ジャスティーンは目を細めてダリィのほうをふりかえった。

「何をいっているのです。ジャスティーン、あなたが最もボタンに近いところにいましてよ。さあ、早く押してしまうのですわ」

急《せ》かすダリィとは裏腹に、スノゥが慌てて止めた。

「ジャスティーン、やめとけって。絶対ロクなことにならねえぞ⁉」

そんなスノゥを見てレンドリアが納得したように頷《うなず》く。

「なるほど、経験者は語る、だな」

「お前もいっぺんリィアードと同じ屋敷にすんでみろ、オレの気持ちも少しは理解できるぞ」

スノゥがレンドリアにからんでいるうちに、ジャスティーンの前にソールが立った。

「あれ、どうしたの？　ソール？」

するとソールはそのままポチ、とボタンを何のためらいもなく、押してしまった。

ソールとシャトー以外のその場にいた者はあまりのことに固まった。

次の瞬間、ゴゴゴゴゴゴゴゴゴ、と壁が動き、地下につながりそうな階段が出現したのだった。

★

「これ、どう思う？」

すっかり嫌な予感でいっぱいのジャスティーンが、好奇心を持って覗《のぞ》いていたレンドリアに尋ねた。

「絶対罠《わな》だろうな」

「そうよね」

目の前に出現した地下への階段の奥は、いかにもワケありといった雰囲気《ふんいき》で、壁にかけられた蠟燭《ろうそく》の火がゆらゆらとゆれている。薄暗いのは当然の上、なんだか向こうからひゅーひゅーと不気味な風の音もするのだ。

「シャトーはどう思う？」

ジャスティーンはさっそくシャトーに、目の前の地下につながる階段について聞いてみた。

「奥で魔力の気配がする。たぶん先に進めば進むほど強くなってゆく」

それを聞いて、決定的だ、と思った。やはりかかわるべきではない。しかし避けて通れるだろうか？　たぶん水の伯爵はこのためにジャスティーン達を招いたのだ。はじめからハメるつもりで。

迷っていると、ここでダリィが言い出した。

「わたくしに、良い提案がありますわ」

「なに？　ダリィ？」

すると、ダリィはコホン、と咳払《せきばら》いをしてから言った。

「この先、二手にわかれるのですわ」

「二手に？」

「この地下の階段を降り、水の伯爵の趣旨《しゅし》を調査する係りと、この場でお留守番をし、調査に出かけた者を待つ係りの二手ですわ」

ダリィはそう言って、レンドリアの腕にくっついた。

「わたくしとレヴィローズの二人が、この場にてお留守番をする係りを務めますわ。ですからジャスティーン。あなた方はこの地下への階段を調査する係りですわ」

「ちょっとあんた、さっきからあんただけさりげなく一番安全策とってない？　しかもどさくさに紛《まぎ》れてレンドリアと二人きりになろうとしてるし！」

ジャスティーンが不信感たっぷりの目でダリィを見る。しかしダリィにはまるで効いていないようだ。

すると、すかさずレンドリアはダリィから一歩さがって言った。

「あ、俺は、別に調査する係りでいい。な、ジャスティーン」

それからレンドリアはスノゥに声をかける。

「ほら、お前はガキだしチビだし、ここにいたほうが絶対いいって。こっちで火の玉娘と一緒にご馳走《ちそう》でも食って待ってろ、な？　代わってやるよ」

レンドリアはスノゥにシュッとカップケーキを投げてやった。

スノゥはそれを反射で受け取り、中のケーキを食べてから、空《から》をレンドリアに投げ返した。

「いらねえよ、お前こそ大人しく留守番でもしてろ、お似合いだ」

「まあまあ、あんたたち、やっぱりここはみんなで――」

ジャスティーンがそう言いかけると、なんとその場の灯りがヒュッと一斉に消えた。

「なに⁉　どうなってんの⁉」

辺りは真っ暗だ。パーティ会場は一瞬で闇に包まれた。どうやら広間の探検をしている間にすっかり日が落ちてしまっていたらしい。暗闇がとうとう本格的な夜の到来を告げている。

「まあ！　何も見えませんわっ！」

「ちょっとー、誰？　足踏まないでよー」

目が慣れてきて、かろうじて窓から見える月明かりで微妙に辺りが認識できるレベルだった。そんな中、ふわっと一箇所《かしょ》だけ灯りがともった。シャトーが指先に魔術で灯りを燈《とも》したのだ。

（さすがシャトー……！）

どんな時も冷静さにかけては、彼女が一番だった。

——その時。

ジャスティーンの横を何か小さな塊《かたまり》が通り過ぎていった。ジャスティーンのめくった壁紙の下に出現した地下への階段を、走りながら下りる者がいたのだ。その存在はしばらく下り続けたあと、また駆け上って来たかと思うと、再び駆け下りる。その際、子供の笑い声のようなものがジャスティーンの耳に響き渡った。繰り返し行われるその動きは、まるで階段を走り、遊んでいるようである。うっすら見える人影から、小さな子供が走っている気がした。

（これってスノゥじゃないわよね……？　もしかしてさっきの子？）

「スノゥ……？」

念のためにジャスティーンが呼びかけると、違うところから声がした。

「どうした、ジャスティーン？」

スノゥは地下の階段下の方向とは違い、ソールの隣に立っている。

（やっぱり、今のはスノゥじゃないわ。ってことはあの子なの……やっぱり……？）

恐怖も忘れてジャスティーンは、とっさに後を追った。すると足音は、ジャスティーンが追いかけてくる気配に一旦立ち止まる。しかし再び前へと駆け下りていった。それはまるでジャスティーンを地下の奥深くに誘っているようだ。

「おい、ジャスティーン。どこ行くんだよ」

レンドリアがジャスティーンを追ってくる。

「ああ、レヴィローズ。お待ちになって！」

ダリィもレンドリアを追いかけてきた。上からスノゥの忠告する声が聞こえてきた。

「おい、お前ら待てって！　絶対リィアードの罠があるんだ、突っ走るとやべえぞ!?」

それにジャスティーンは反射的に答える。

「あんた達はそこで待ってて、確かめたらすぐあがるから――」

言いながら周囲に視線を走らせた。相変わらず奥からひゅーひゅーと不気味な風音が吹いてくる。いつの間にか、階段を上がり下がりしていた子供の姿はない。

（うそ、どこへ行ったのかしら、追いつけると思ったのに……）

ジャスティーンが戸惑っていると、背後でゴゴゴゴゴゴという音がした。

パーティ会場への壁が再びスライドし、閉まってしまったのだ。

ジャスティーンは慌てふためいて駆け上がり、驚いて壁を横にあけようとするが、まるで動かない。急いで壁を開けるスイッチのようなものも探すが、見つからない。どうやらジャスティーン達だけが地下へ閉じ込められたようだ。

（さ、最悪……）

ジャスティーンは自分たちの帰り道を塞《ふさ》いだ壁を見つめながら絶句した。

「まあ、何てこと！」

ダリィが両手で頬《ほお》を押さえて甲高《かんだか》い声をあげた。

「ジャスティーン、あなた一体何てことをしてくれますの⁉」

「ご、ごめん……」

返す言葉もないジャスティーンに対し、今度はレンドリアがコツコツと壁を叩いてみせた。

「おい、ここになんかあるぞ」

レンドリアが叩いて示してみせた場所にカードが貼られていることに、ジャスティーンは気づいた。

『閉じ込められてしまったようだね。君たちの幸運を祈る。この先暗闇注意☆』

ジャスティーンは青ざめながらもう一度、閉じた隠し扉を叩いた。

「シャトー！　スノゥ！　聞こえる⁉」

しかし、外からの反応はない。まるで何もかも遮断《しゃだん》されたかのような沈黙だけが帰ってきた。

どうやらジャスティーンの声は、この隠し扉が閉まった時点で、届かなくなったらしい。逆の意味で向こうの言葉もこちらには届かない、ということだ。

（どうしよう。これってはぐれちゃったんだわ……）

なんだかんだいって、スノゥとシャトーが一番常識もあり頼りがいがあったのだ。その肝心《かんじん》の二人とたった今、切り離されてしまった。

ジャスティーンの胸に言い知れぬ不安が広がった。

周囲に目を配らせると、どうやらソールの姿もない。たぶんソールもまたシャトー達とともにあの広間に取り残されたのだろう。

（……ってことは、今ここにいるのって、レンドリアとダリィだけ？）

最悪のメンバーだ。

あまりのことにジャスティーンはくらりと眩暈《めまい》に似たものを感じた。

★

ジャスティーンの不安をよそに一行はそのまま階段を下りていった。

やけに長い石造りの螺旋《らせん》階段だ。階段の壁には小さな燭台《しょくだい》が距離をおいてポツリポツリと掲げられていた。その心もとない灯りだけを頼りに進んでゆく。いつの間にか奥から聞こえてくる風の音が止んでいた。そのうちか細い灯りが急に強まった。少し先にここよりも大きな灯りが燈《とも》されているのが見えた。

「よかった、ちょっと明るくなってきたわ」

ジャスティーンはほっと、安心した。

突き当たりにたどり着くと、そこから横にまっすぐな廊下《ろうか》が遥《はる》か先まで続いている。地下にあるにしてはずいぶんと綺麗《きれい》な廊下だ。淡いグリーン色の床を照らす灯りは、これまでジャスティーンが見たこともないもので、丸い硝子《ガラス》のグラスのような受け皿に炎だけが浮いていた。グラスの中で光が煌《きらめ》き、まるで硝子自体が光を放つように瞬いているため、通常よりも明るく廊下を照らしているのだ。

（これってどういう仕掛けなのかしら？）

好奇心にかられてジャスティーンが硝子の灯りに触れようとした時。ふと視界に何かが映った。

「あ！」

「な、なんですの？　急に大声を出して」

「あの子！」

唐突《とうとつ》なジャスティーンの声に「え?」と声をあげたダリィを放り出して、ジャスティーンは走り出した。

「ジャスティーンったら、どうしましたの?」

「見つけたのよ、あの子よ、あの子!」

「あの子ってどなたのことですの!?」

「だから、あたし達がシャトーと引き離された諸悪の根源よ!」

「は?」

ダリィがドレスの裾《すそ》を持って追いかけてくる。

(間違いないわ。あのブルーがかった髪の色!)

ジャスティーンが追いかけてくることに気づいたのだろう。ふいに子供は振り向いた。ジャスティーンと目が合うと、にっこりと笑う。そのまま楽しげに駆けてゆく。

(何なの、これ)

相手は子供なのに追いつけない。子供は軽やかに駆けていたが決して早くはなかった。背の高いジャスティーンなら本来ならば追いつけるはずなのに——。

くすくすと子供の笑い声が廊下に響き渡る。

気がつくと、子供は長い廊下を駆け抜け、行き止まりにたどり着いた。そこに扉があった。

(いつの間に?)

必死に走っていたせいで、ジャスティーンは自分がどこをどう走ったのか覚えてなかった。まるで頭の中に霞《かすみ》が入り込んだようにくらり、とする。ぼやけそうな視界に慌てて首を振ると、目の前で信じられないことが起こった。扉の前で子供が消えたのだ。まるで扉の奥へとすり抜けようとでもするように。

「な？」

ぽかんとしているジャスティーンの背後から、ダリィが息をぜいぜいと弾ませながらようやく追いついた。

「い、……いったい、なにごとですの？……」

よろめいているダリィに気づかず、ジャスティーンはごくりと唾《つば》を飲み込んで、扉のノブを捻《ひね》る。キィと軋《きし》んだ音とともに、扉はあっさりと開いた。

突如目の前に開かれた光景にジャスティーンは息を呑《の》む。

（なに、これ……？）

ジャスティーンは呆然《ぼうぜん》として立ちすくんだ。中はまるで子供部屋のような空間が広がっている。床にはいくつかのボールが転がっており、棚《たな》にはたくさんの絵本がある。

「こ、子供部屋？」

ジャスティーンは驚いた。すると、部屋の中には子供ではなく、一人の大人がいた。ジャスティーン達の前に現れたのは、長い赤みがかった金髪の、立派なお洒落《しゃれ》な服を着た青年である。

（……？　誰よ、この人？　ってゆーか、あの子はどこよ？）

ジャスティーンは青年をぽかんと見つめた後、慌てて周囲を見回した。そんなジャスティーンに青年は軽やかな口調で声をかけてきた。

「やあ、君たち。やっとここまでたどりついたみたいだね。心から歓迎するよ」

「あなたは？」

「僕？　僕はここの屋敷に招待された伯爵の友人Bさ」

その言葉にジャスティーンはホッとした。この奇妙な屋敷に来てから、自分たち以外の者に遭遇《そうぐう》したのはこれが初めてだった。

するといつの間に追いかけてきていたのか、何気にジャスティーンの横にちゃっかり立っていたレンドリアが、耳打ちしてきた。

「おい、こいつ自分で友人Bとか言ってるぜ。怪しいぞ」

「えっ？」

「それに見てみろ、なんだか不自然だと思わないか？」

「不自然？　何が？」

レンドリアが珍しく真剣そうな顔で青年を見ている。ジャスティーンは、まさかレンドリアは自分にはわからない宝玉としての第六感で何かを感知しているのかも、と思い、はっとした。

「ねえ、どういうこと？」

「お前らは気づかないかもしれねえが、俺にはわかる」

緊張が走った。レンドリアは一体なにを感知したのか。ジャスティーンは隣にいるレンドリアを見た。

「な、なに？」

「あれはヅラだ」

瞬間、額に青筋をたてて、ジャスティーンはパン、とレンドリアの頭を叩く。

「あんたっ、なに真剣な顔してくだらないこと観察してんのよっ」

そんなジャスティーンにダリィがすかさず怒りの声をあげた。

「んま。ジャスティーンったら、レヴィローズになんてことを！」

「あんたまでしゃしゃり出てこないでよ、ただでさえわけわかんない状況なんだから！」

「前々から言おうと思っていましたけれど、あなたこの世の至宝ともいえるレヴィローズを粗雑に扱いすぎですわ！」

「だから今はそういうことにこだわってる場合じゃやな……」

「んー。やっぱり不自然だ」

ダリィとジャスティーンが言い争っている間に、レンドリアは一人で納得したように頷《うなず》くと青年に近づく。

すると、先程からレンドリアが抱えていたカエルが口を開けた。長い舌がすばやく動き、カエルはもぐもぐと青年の長い髪《カツラ》を食べてしまった。

「あっ」

それは一瞬の出来事だった。

カツラの下には文字通りなにも生えてない。つるつるとした頭がまぶしい。

「ご、ごめんなさいっ、うちのレンドリアのカエルがとんでもないことを！」

ジャスティーンは青ざめて謝った。しかし、青年は顔色一つ変えない。それどころか何も言わなかった。ただ微動だにせずこちらを見返している。

（怒ってる……絶対に怒ってるわ……）

ジャスティーンはこの修羅場《しゅらば》をどうしていいかわからず、固まっていた。すると、レンドリアは自分の頭にカエルをのせたあと、ひょい、と青年を抱えあげた。ジャスティーンは仰天《ぎょうてん》してひっくり返りそうになった。

「あ、あんた、今度は一体何をするわけっ⁉」

「おい、これ人形だぜ」

「え？　……本当だ」

なんと伯爵の友人Bは人形だったのだ。

レンドリアが再び人形を床に降ろすと、人形はギシギシと音を立てて動いた。ポケットからメッセージカードを差し出してきたのだ。それをレンドリアが受け取る。

そこにはこう書いてあった。

『みんなで仲良くゲームをしよう☆』

ジャスティーンはすぐにわかった。水の伯爵からのメッセージカードの続きだ。

ここで、友人Bは再び動いた。いきなり壁にかかった鏡をとりはずしたのだ。

「え、なに？」

友人Bが持っている鏡に、突如、仮面を被《かぶ》った青年が映し出されている。顔は仮面で見えないが、見たところこの明るい金髪と雰囲気《ふんいき》はどうみても水の伯爵である。

鏡の中の青年が言った。

「やあ、はじめまして。私は鏡の国の妖精」

その言葉にダリィの額に青筋がたった。

「どこが鏡の国の妖精ですの！　どっから見ても水の伯爵ではありませんか！」

「おや、よくわかったね、ダリィ・コーネイル。さすがは元レヴィローズの主候補だっただけはある。私は仮面をつけていたのだがね」

（いや、これだけ個性的な人ってなかなかいないし、普通に気づくでしょ）とジャスティーンは心の中で呟《つぶや》く。

「やあ、友人B。鏡を壁に戻してくれてかまわないよ？」

すると友人Bは鏡を壁にかけ戻した。

ここで伯爵はジャスティーン達の背後に向かって声をかけた。

「さて。そこの君」

まるでジャスティーン達以外の者に話しかける口調に、ハッとなって振り向くと、そこに先程の子供がいつの間にか立っていた。あの琥珀《こはく》の瞳の子供だ。内心ジャスティーンはぎょっとする。

（嘘……!?　さっきはいなかったわよね？）

この部屋に入った直後、周囲を見回して確認した時は、確かにいなかったはずだ。

ジャスティーンの内心の驚愕《きょうがく》などまるで気づかないように、水の伯爵はさらりと子供に告げた。

「君。そこにいるお姉さんとお兄さんに遊んでもらいたまえ」

すると、子供はこくん、と頷《うなず》いた。

「それでは皆で仲良く遊びたまえ。もしかするとこの地下から無事出られるかもしれないよ？」

水の伯爵はそう言うと、鏡の中からフッと姿を消した。

「ち、ちょっと待ってよ！」

引き止めるジャスティーンの声も無視して伯爵の気配は再びなくなった。

次の瞬間、ジャスティーンの耳元をひゅっと空気を裂くような音が通り過ぎ、タン‼　と壁に何かが突き刺さった。

それは手投げの小さな矢だ。

矢の横には壁にかけられたダーツボードがあった。ジャスティーンは慌てて、ダーツボードから離れた。が、しかし矢はボードを目指さず、まっすぐジャスティーンめがけて投げられた。

「な、なに?」

ジャスティーンは必死になってよけた。見ると、ダリィも、悲鳴をあげて飛びのいている。

「こんなたちの悪いいたずらをするのはあなたですわね!?」

怒りのあまりにダリィは子供を指差した。子供はくすくすと笑っている。それは無邪気なものだった。

「え?　ダリィ?」

どうやら今のダリィにはようやく子供の姿が見えるようになったらしい。

「この者がなにやら魔術を使って、わたくし達をダーツの的《まと》にしているのですわ!　なんという邪悪な!」

「邪悪って」

そうこう言葉を交わしている間にも、テーブルの上のケースに収められていたはずのダーツの矢が目に見えない手で摑《つか》まれるように浮き上がり、トントンと投げられる。

空中に浮かんでは壁に突き刺さるそれらは、凶器のような鋭さを持つ。ジャスティーンは生命の危険さえ感じた。

（この子、遊んでるつもりなんだわ）

子供特有の無邪気さと残酷《ざんこく》さ。自覚のない攻撃には悪意の欠片《かけら》もない。だからこそ、恐ろしい。

「ここは一旦退避ですわ。レヴィローズ、わたくしと一緒に！」

ダリィがレンドリアの腕を掴《つか》むと走り出し、バン！　と先程入ってきたばかりの扉を開く。

ジャスティーンもあとに続いて慌てて廊下に飛び出した。なんとかこの恐ろしい子供部屋から逃れなければ、命すらもないと本能が告げていたのだ。その間にもダーツの矢は途切れることなく連続で追いかけてきた。それを避けるために飛びのいたジャスティーンとダリィの体がぶつかって床に倒れた。

「気をつけてくださいまし！」

「そっちこそ！」

それ以上、ダーツの矢が追いかけてこないように、と同じく廊下に退避したレンドリアが扉を閉じた。

「あっぶね」

ふう、と息をついている。

なんとかジャスティーンはふらりと立ち上がるとパンパンとドレスを叩く。

この時、ようやく事態の異変に気づいた。この場にふさわしくないやけに静かな沈黙が漂っていたのだ。ジャスティーンは周囲を見回す。

ダリィがいない。たった今まであれほど煩《うるさ》く騒ぎ立てていた彼女の姿が消えていた。

（……？　どういうこと？）

その時、廊下からまたしてもくすくすと笑い声が聞こえてきた。

ジャスティーンは慌ててその姿を探したが、声だけが響き渡り、やがてその声も泡《あわ》のように消えた。

「レンドリア……ダリィがいなくなっちゃったわ。確か今一緒に出てきたはずなのに……」

激しく戸惑うジャスティーンの目の前でレンドリアは少し首をかしげて考え込んだ。

「なるほどな」

「なるほどって？　なによ？」

「いや、だから——」

言いかけたレンドリアの声をジャスティーンは思わず遮《さえぎ》ってしまう。

「ね、ねえ、なんか、……この廊下なんかおかしくない？」

「うん。なんかぐにゃぐにゃしてるな」

「やっぱり！」

ジャスティーン達の立っている廊下の床が突然硬さを失い、足元が沼に引き込まれるように沈み始めたのだ。

「やだ。なによ、これ」

ジャスティーンがドレスの裾《すそ》を摑み片足をあげると余計にその重みでずぶずぶと沈みそうになり、ジャスティーンは急いでもう片方の足もあげる。

しかし硬度を失った床にますますのめり込んでゆく。

「こ、このまま、沈んじゃうってことはないわよね？」

「たぶん沈むんじゃないか？」

「な、何をおちついてんのよ。この異常事態に」

「別に落ち着いてるわけじゃないぞ？」

「ってゆーかどうなってんの？　これ」

ジャスティーンはあたふたと動揺《どうよう》した。今や廊下《ろうか》はぐにゃぐにゃと生き物のように柔らかく歪み、ジャスティーン達の体はずぶずぶと膝まで沈んでゆく。泥の中に沈んでゆくような奇妙な感触が気持ち悪い。いったい何が起きているのかわからない。

「と、とにかく、どこかに摑まるところ……」

足元を取られてつんのめりそうになりながら、それでもジャスティーンはなんとか進む。悪戦苦闘しながらもふと前方に逃げ道があることに気づいた。

「レンドリア！　見て見て。ラッキーよ。向こうに階段が見えるわ！」

完全に沈み込んで身動きできなくなる前にこの事態をなんとかしなければ、という一心でジャスティーンはレンドリアの腕を摑むと必死の思いで、前へと進んだ。唯一の救いは、この廊下が本物の沼のように動けなくなるようなものではなかったことだ。それでも、底のない柔らかさに動きにくいことには代わりがない。

ようやく階段までたどり着いた時、ジャスティーン達の体は腰まで沈んでいた。それでもなんとか階段を這《は》い登る。

(危なかった……)

硬い階段の感触にほっとする。あともう少し階段にたどり着くのが遅ければ、きっと完全に沈み込んでいただろう。

ジャスティーン達が階段の上に逃れた瞬間、ぐにゃぐにゃしていたはずの廊下は元にもどっていた。

(いったい今のはなんだったのよ?)

ジャスティーンは恐る恐るたった今逃れてきたばかりの廊下を見る。果たしてもう一度降りていいものか迷った。ためしにそっと片足を階段から下ろしてみると、再び廊下がぶよっと柔らかく形を変えた。ジャスティーンは慌てて階段に足を戻した。

「ど、どうしよう、レンドリア」

「どうしようもなにも、こっちの廊下は無理だな。とりあえずこの階段を昇ってみりゃいいんじゃないか?　そのうち地上に偶然出られるかもしれないしな」

レンドリアに言われて、ジャスティーンは仕方なく階段を上り始める。

しばらくして、ジャスティーンは今のごたごたですっかり忘れていたダリィのことを思い出した。

「そうよ、ダリィよ！　あの子がいなくなったんだわ！　ハッ。まさかさっきの廊下に……？　だとしたら大変だわ！　すぐ戻らないと……っていうかもしかして、あのまま沈んでいっちゃったとか……？　どうしようレンドリア‼」

「落ち着けって。火の玉娘なら大丈夫だろ？　たぶん」

「で、でも」

「心配するな。あのタイプは殺しても死なないって。どっちにしろあの時点であそこにはいなかったしな」

「いなかったの？　それってどういう意味よ？」

「たぶんあいつが消えたっていうより、おまえと火の玉娘のいる空間が捻《ね》じ曲げられたんだだな」

「空間？」

「ついでに言うと、シャトール・レイやシルフソードも別の空間に飛ばされてる可能性があるんじゃないか？」

レンドリアの言葉に、ジャスティーンが不審そうに首をかしげた。

「どういう意味？」

「気配がしなくなった」

その言葉にジャスティーンは考え込んだ。

(そっか。レンドリアは宝玉だから、そういうのは感じ取ることができるんだわ……レンドリアっていつもはバカだけどたまに鋭いのよね)

「それって……？　皆この屋敷から別のところに飛ばされたってこと？」

「正確には、この屋敷の中であちこちに飛ばされたってことだな」

「でも気配はないんでしょ？」

「つまりだなー」

ここでレンドリアがちらりと階段の上を見上げた。その視線の先に何があるのかと不審に思ったジャスティーンも「え？」という表情で上を見上げると。

そこに琥珀《こはく》色の瞳があった。先程の廊下とは違う、小さな灯りの中でその瞳だけがくっきりと浮かびあがるように見える。

「ようするに、アレが原因だ」

とレンドリアが子供を示す。

「あの子!?」

(あの子が原因？)

気づくとジャスティーンは階段を駆け上がっていた。

「おい、ジャスティーン！」

（原因かなにかしらないけど、あの子に直接聞けばいいのよ！）

しかしジャスティーンは子供に近づくこともできなかった。もう少しで手が届きそうになった瞬間、目の前でその姿が消えたのだ。呆然《ぼうぜん》としていると、再び上からくすくすと笑い声が聞こえてきた。

（やっぱり面白がってるわ、あの子）

ジャスティーンがきゅっと唇を噛《か》んで子供を見上げると、彼は小さく笑ってパチンと指を鳴らす。

「え？」

次の瞬間、ジャスティーン達は別の廊下に放り出されていた。

異変を感じたのは、その直後だ。

「レンドリア！　ど、どーしよう、この廊下、動いてる！　しかも後ろに！」

「みたいだな」

「みたいだな、じゃないわよ。ちょっと後ろ見て、後ろ！　このままだと壁にぶつかっちゃうわ！」

慌てたジャスティーンがレンドリアの腕を取る。確かに背後に壁があった。立ち止まっていると、どんどん壁が近づいてくることになる。歩き続けなければ最後は壁に激突することになるだろう。ジャスティーンは焦って床の進行方向とは逆の方面に歩き出す。幸い動く廊下のスピードはそこまで速くない。ジャスティーンは歩調を速め次第に走り出した。レンドリアもそれにあわせている。

「せっかくあのへんな廊下から脱出できたと思ったのに‼　一難去ってまた一難よ！」

「まあせいぜい頑張れ」

「あんた他人事《ひとごと》みたいに！」

走っていると前方からボンボンと何かが跳ねるような音がした。あわてて目を凝《こ》らすと前方から丸い人の頭ほどの球体が複数、廊下の床や壁や天井を跳ね回ってこちらへと向かってくる。

「こ、今度はなによぉー」

しかし立ち止まれば背後の壁にぶち当たる以上、前に進むしかない。

「ただのボールみたいだけどな」

「だってすごい勢いで跳ねてるし」

「あんまり固くないぞ」

「固くなくてもぶつかったら痛いわよ！」

飛び跳ねてぶち当たってきそうなボールから守るように、頭を抱えながら、ジャスティーンは一気に突き進む。それが唐突に終わったのは、突然落とし穴に落ちたからだ。

「いたたた……」

「よかったな。棘《とげ》が底に生えてなくて」

「笑いごとじゃないわよ！」

★

落とし穴からなんとか脱出しようと辺りを見回した時。床になにかが落ちているのが見えた。

「あら、それ」

拾い上げると、それはレンドリアの持っていた先日のカードゲームのカードの束の入ったケースだった。どうやら落とし穴に落ちた時、一緒に落としたらしい。

「あんたこのカードもってきたの？」

「うん。まあ、ジェリーブルー対策だしな」

「なんかそれあんまり効果なかった気がするわ。結局あんたったらスノゥを怒らせてばかりだし」

「じゃ、おまえが遊んでやるとか」

「それじゃ結局意味ないじゃない、それと……あたしそういうの下手《へた》だし」

言いながら、なんとか落とし穴から這《は》い上がると、いつの間にか廊下は止まっていた。ジャスティーンはほっと安堵《あんど》しながら尋ねた。

「で、さっきの話なんだけど、……あの子が原因って、どういうこと？」

本当はジャスティーン自らの手で子供をひっ捕まえて、問いただそうと思っていたのだが、相手が一筋縄《ひとすじなわ》でいかないことに気づいたため、諦めてレンドリアに問う。

「どうやらこの屋敷全体があのガキの意思みたいなものらしいんだ」

「どういうこと？」

重ねて尋ねると、ここでレンドリアがどう説明していいのか迷ったように宙に視線を彷徨《さまよ》わせる。

「まあ、あれだ。水の伯爵が言ってただろ？　これはあいつらがけしかけてきたゲームだ」

「ゲーム？　この物騒極まりない展開が？　身の危険も感じたのに？　ただのゲームにしちゃ悪質すぎるわ！　下手したら怪我《けが》したり最悪の場合死んじゃうことだってあるかもしれない状況なのに!?」

「そりゃ普通のゲームじゃないからな。俺達がゲームをしてるっていうよりあのクソガキが俺達を使って遊んでる感じだな」

「なに、それ」

「とりあえず今この屋敷は仕掛けだらけの迷路みたいになってる。ついでに同じ形もしていない。あのガキの気分であちこちの空間がその時その時で作り変えられているんだ」

「それってどうやったら抜け出せるのよ」

「ゲームなんだから最終的にクリアすればいいんじゃないか？」

「どうやって？」

「そこなんだよな？　うーん。どうやるんだろうなー？」

「ようするにわかんないってことね？」

いかにも無責任な口ぶりにジャスティーンはムッとした。しかしここでレンドリアに八つ当たりをしても事態が好転しないことも知っていた。とりあえず、ジャスティーンが黙ると、レンドリアが歩き出しながら聞いてくる。

「とりあえずこれからどうする？」

ジャスティーンは少し考えてから尋ねた。

「なんとかしてシャトー達と合流できない？」

「どうだろうな。向こうの気配が完全に絶たれてるからな」

「あんた一応、レヴィローズでしょ？　なんとかならないの？」

「無茶言うなよ。一応他の奴のテリトリーだぞ」

「他の奴のテリトリーって……」

「気づかなかったか？　あのガキ、あれでも一応、ある意味では、あれも宝玉の一種だ」

「え⁉」

（宝玉⁉　宝玉って？　ええ⁉）

あまりのことにジャスティーンはぽかんとする。それからハッとした。

今のレンドリアの言い方はどことなく変だった。

「あれも宝玉の一種って、なに？　属性とかじゃなくて？　ある意味って？」

ジャスティーンが問うと、レンドリアはこちらに視線を向けた。

「あいつに属性はないよ。ただ――そうだな。特殊能力は空間を捻じ曲げ迷宮を作りあげることらしい。ちょっとした魔術師レベルだな」

その言葉にジャスティーンはなんとなく納得した。

（ああ、だからシャトーやダリィ達と引き離されたのね……）

ここでジャスティーンはレンドリアの先程の言葉で引っかかることを、もう一度聞き返した。

「でも属性がないって……だって普通、宝玉ってなんか一応属性ぽいのがあるんじゃないの？」

レンドリアは無知なジャスティーンにどう答えようかと首をひねっているようだ。もともとノリがいい時はどこまでも変な方向に口がまわるくせに、肝心《かんじん》な時はうまく説明してくれない役立たずなのだ。しかし今回のレンドリアはいつもとは少し違うようだ。

「あれはある意味俺達と似たようなものだけどな、根本的なところで違うんだよ」

相変わらず気合の入ってない説明ぶりだが、少なくともジャスティーンに教えてくれる気はあるようだ。

「どういう意味？」

「あれは、本物じゃない。たぶん、人間に作られたものだ」

「――」

その言葉にジャスティーンは驚いた。

(人間に作られたものって……)

「ほ、宝玉って人間に作る事が出来るの?」

そういえば、確かに指輪やネックレスやイヤリングやブレスレットは、どれも人工的なアクセサリーだ。

「いーや。普通は違う」

「でも最初からあんたも指輪として生まれてきたわけじゃないわよね?」

「指輪はおまけだ。本体はそれ」

レンドリアはジャスティーンの指にはめられている指輪の赤いルビィのような宝石を指差した。

ジャスティーンは首を傾《かし》げた。まあ確かにもともと宝石も原石が加工されて作られるものだ。もっとも宝玉は普通の宝石とは違い、加工されない原石そのままのものなのかもしれない。

(やっぱり宝玉ってよくわからない……)

いつだったかダリィが小難しいうんちくを述べていたが、魔術界に疎《うと》いジャスティーンにはちんぷんかんぷんでわからなかった。魔術師達はわかりやすく説明できることも小難しく説明したがるふしがあるのだ。おまけにところどころ話が脱線して、あちらこちらに飛んでいたせいで、ジャスティーンは早々に白旗を振った。

「でもあんたとあの子の違いってなに？」

「本来の俺達宝玉ってのは、ようは属性そのものだからな。いつの時代のどこにでも存在するものだ。けど、向こうは最初から何も存在していない。ないところから無理やり作り出されたものなんだよ」

レンドリアの言うことも難しい。そもそもこれだってどこまで本当の話なのか。初対面の時作り話でこっぴどく騙《だま》されたジャスティーンは、レンドリアの言葉のどこまでが本物なのかいまだに判断できないでいる。

それでも。

（あの子のことは嘘じゃなさそうよね）

何故ならあまり楽しそうじゃないからだ。レンドリアが人をからかったり騙したりする時は、もっと口調は軽快だ。最近ジャスティーンはそのことに気づいた。

けれど今のレンドリアはいつもと違う。どことなく不愉快そうな雰囲気《ふんいき》だ。こんなレンドリアは初めて見た。

「つまり、あんたは普通の原石で、あの子は人工的なイミテーションってこと？」

「まあ、そんなとこだな」

思わずジャスティーンは首を捻《ひね》った。

（それって何のために作られたものなのかしら？）

★

そのあとも何故か横からトマトが飛んできたり、すべる氷の道に迷い込んだりして、ろくな道はなかった。ジャスティーンは精神をすり減らしくたくたになってきた。

（これじゃまるで、子供のいたずらじゃない）

そう考えてからハッとした。

（そうよ、これってまさにいたずらなんだわ）

水の伯爵の残したメッセージカードには、確か『皆で仲良くゲームをしよう』と書いてあったはずだ。そして、子供に対しては、ジャスティーン達に遊んでもらえ、と告げていた。

だとしたら、あの子供の宝玉はたぶんゲームをしているつもりなのだ。まるでかくれんぼや鬼ごっこと同じように、遊んでいるつもりなのかもしれない。けれど、子供本人は楽しいかもしれないが、巻き込まれているジャスティーンはちっとも楽しくなかった。

そろそろ体力の限界にきながらジャスティーンは呟《つぶや》いた。

「スノゥ達は大丈夫かしら？」

「大丈夫だろ。あいつらは宝玉だしな。その気になれば好きに消えるさ」

「でもシャトー達は人間だし」

「あれでも元は主候補だ。自力でなんとかするだろ?」

ここでジャスティーンは気づいた。

(そうか。本当なら、レンドリアだって)

好きに消えることはできるのだ。人と同じ姿を保っていても、人ではないのだから。

でもこの場に今もいるのは。ジャスティーンが言ったからだ。今回は勝手に消えないで、と。

それをレンドリアは珍しく律儀《りちぎ》に守っている。ジャスティーンはそれが何故かようやく思い当たった。

(ああ、そうか。あたしが一番頼りないから)

宝玉であるレンドリアは無力なジャスティーンを守ってくれているのだ。だからいつもは気まぐれなレンドリアが今回は消えない。ジャスティーンの傍にいてくれる。

(馬鹿みたい)

宝玉がトマトをぶつけられたり、ジャスティーンと一緒に氷の道を滑り降りている。

すべてジャスティーンに付き合ってくれているだけだ。

本当は彼なら軽々とこの苦境から脱出できるはずなのに、人間であるジャスティーンの能力につきあってくれているのだ。

本当は主である自分が宝玉を守らなければならないはずなのに。

(なんか、情けない)

どこまでも足手まといの自分にジャスティーンはどっと落ち込んだ。

でもそれも長くは続かなかった。

とうとう立ち止まったジャスティーンの視界に見たことのある姿が映ったのだ。

「あれは……」

ジャスティーンは声をあげる。

「伯爵の友人B！」

「やあ。こんにちは。一番苦戦してるみたいだね」

先程とは髪型が違っている。友人Bの頭には新しい薄茶色のカールのかかったカツラがついていた。どうやらレンドリアのカエルがカツラを飲み込んでしまったために新しいものをつけたらしい。今度のものは肩までの縦ロールだ。

「一番苦戦してるって?」

ジャスティーンが疑問を口にすると、彼は人形とは思えない軽快さでよってきた。

「小さな銀髪の少年とブルネットの髪の少女がちょっと苦労してたけど、まあなんとか。しかしあの二人組は凶暴だね。水と火で障害物を凍らしたり燃やしたり流したり、あちらこちら破壊しまくっていたよ。ちょっと困った招かざる客だね」

（ああ……いつの間にかダリィとスノゥが一緒になったのね）

あの二人ならさもありなんとジャスティーンは思った。まあレンドリアとスノゥを一緒にするよりはましかもしれない。

「それじゃ、シャトーとソールが一緒なの？」

「ああ。残りの人達はなんとゆーか、うん……」

そこで友人Bは黙り込んだ。笑みのまま止まっているところをみると敢《あ》えてコメントは控えているようだ。そうされるとジャスティーンは余計気になって仕方がない。シャトーとソールならば、ダリィ達と違ってもう少しスマートにゲームを進めているはずだ。しかしこの沈黙は何を意味するのだろう。

「うん。あの人達はなんか怖いね」

「え？　シャトー達もなんかやっちゃったの？」

「いえ……まあ、普通に進んでましたよ。たぶん」

進んでました、とは過去形である。しかも何故か丁寧《ていねい》語に変わってしまった。

「ええと。無事よね？」

「一番安定してた二人だよ」

それきり、友人Bはそのことを語りたくないようだ。

「彼らは皆、ゴールに到着したよ。あとは君達だけなんだけど」

「え？　じゃ皆はもう上に戻れたの？」

「それはまた別の話。とりあえず、着いたというだけ。まだゲームは終わってないし。今は休憩でお茶を飲んでるよ」

その言葉に、ジャスティーンの喉《のど》がごくりと鳴った。

「いいなあ。お茶……あたしも喉が渇《かわ》いたわ……」

がっくりとする。

「本当は助け舟はなしだったんだけど、あなた方はどうやらこのまま待っていても永遠にこの迷宮から抜け出せそうもないのでアドバイスでもと思って」

「アドバイス？」

「とりあえず力でねじ伏せてください。それだけでオッケーです」

（力でって……？）

「それって、たとえばレンドリアの炎でこの場一帯を焼き尽くしたりしてもいいとか？」

ジャスティーンが唯一思いついた手は、友人Bにあっさりと却下《きやつか》された。

「あ、それは駄目。さっきブルネットの髪の子がやりましたので。二番煎《せん》じは駄目ということで。新しい芸でお願いします」

「新しい芸って」

そもそも魔術は芸ではないと思うのだが、今のジャスティーンには言い返す気力もなかった。

「とりあえず、あの子を楽しませてやってもらえれば。迷宮の主が満足すれば出口につながる道が開けるので」

つまり、あの子供がジャスティーン達をこの迷宮から出してもいいと判断すれば出られるが、そうでなければずっとこの空間を彷徨《さまよ》うはめになるということだろうか？

難しい顔をして、ジャスティーンは眉間《みけん》に指を当てた。

「あの子は何なの？　宝玉なんでしょ？　でも本物じゃないってレンドリアが言ったわ」

「ああ。まあ、悪い子ではないんだよね。あれでも。ちょっと人の気持ちを理解できないだけで」

「悪気がないのがどれだけタチが悪いかよーく知ってるわ」

ジャスティーンがレンドリアに目を向けると、レンドリアがムッとしたようだ。

「なんでそこで俺を見るんだよ」

「宝玉っていうのは悪気はないのよね。ただちょっと人とは違うだけよね？　わかってるわよ。ええ、本当に！」

これまでのことを思い出したのかジャスティーンはムカムカとした表情になった。

「だからってね！　悪気がないからはいそーですかですむと思ったら大間違いよ！　無事ここから出られたらお尻ひっぱたいてやるから！」

「無事に出られればいいねえ」

友人Bに言われてジャスティーンはがっくりと頭を抱え込んだ。

そう、問題はまずはここから出ることが先決だった。

「出られる気がしないわ……二番煎《せん》じが駄目なら他に手なんかないんだもの」

「でも急いでもらわないと、時間がないんだよね」

「時間？」

ふとジャスティーンは聞きとめた。

「一応タイムリミットがあるので。それまでにここから出ないと大変なことになるんだ」

「大変なことって？」

「その時間を過ぎればこの空間からあなた方、死ぬまで出られなくなるんで」

その言葉にジャスティーンはぎょっとした。

「な、なに、言って……？」

「ようするに、永久に閉じ込められたままってことで」

「そ、そんなたちの悪い冗談」

「冗談じゃなく。ええ、本当に」

「レンドリア、あんたも何か言ってやってよ！」

「じゃ、一気に焼き払うか」

「それは駄目だって言われたでしょ？　少しは人の話を聞きなさいよ」

「なんかめんどくさくなってきた」

「めんどくさいのはあたしのほうよ‼」

まったく何故いつもこう面倒なことに巻き込まれてしまうのか？

（招待状なんて破り捨てればよかった！）

それで今の事態を避けられたかどうかはまた別の話だが。

「そう怒らないで」と友人Bがなだめてくるが、ジャスティーンの胸は収まりがつかなかった。

「これで怒らないでいられる人なんかいないわよ！　子供の悪戯《いたずら》にも限度くらいあるでしょう⁉」

「まあ、悪戯というより、全力で楽しんで遊んでるだけなんだけどな。あれでも」

「どういう子なの⁉」

友人Bはしばらく口を閉ざしていた。

「どうしたの？」

ジャスティーンが尋ねると、友人Bはこっそりと内緒話でもするように答えた。

「まあ本当は内緒のことなんだけどね。どうせもう時間もないから、いっちゃうとね」

巻き毛をくるくると指にまきつけながら彼は言う。

「昔、とある魔術師があの子を作ったんだよ。宝玉を持たない魔術師が宝玉の主になりたくて。でもそんなものが宝玉として認められるはずもなくて、結局、あの子ずっと永《なが》い間この屋敷にほうっておかれましてね。ずっと一人で」

その言葉にジャスティーンは眉をひそめた。

（なに……それ……）

レンドリアから宝玉のイミテーションだとは聞いていたけれど、作られた理由がそんなくだらないことだとは考えてもいなかった。それも。

偽者では認められないからほうっておかれた？

そんな理由で生み出され、そんな理由で捨て置かれるなんて。

「そんなの勝手だわ」

「確かに人間は皆勝手だよね。かくいう僕もあの子の子守として作られただけだし」

「……え？」

その言葉に驚いたジャスティーンは、相手の顔を見つめる。そういえば人間にそっくりに見えるが彼は〝人形〟だったのだ。

「作られたって？　誰に？　もしかして水の伯爵に、じゃないわよね？」

「ええ。彼は違います」

さらりと答えられて、ジャスティーンはまじまじと相手の顔を見つめた。

「まあ、僕はいいんだけど。感情はないですから」

「ないの？」

「ありません」

「でも……なんか普通に生きてるように見えるけど」

「見えるだけなのでお気になさらず。魔術師は特にこういうものをつくるのが得意というか、好きだからねえ」

ここでふとジャスティーンは思い出した。ここまでやってくる時に馬車の御者が途中で消えた。あれも魔術の一種で作り出されたものだったのだろうと今なら思う。

「ただ。さすがに宝玉となると、我々とはまた違う類《たぐい》のものなんだよね」

「それって、感情もあるし生きてるってこと？」

「まあ人間の標準でいえばそれが一番近い表現かな」

ジャスティーンは口を閉ざした。

「人と関わったことがないから、人との遊び方がわからない子なんだよね。悪意はないというか、ね」

——ずっと一人だったから人とのかかわり方がわからない。

人をダーツの的《まと》にしてもあの子供には罪悪感もわからない。ただ自分以外のものがやってきて、かまってくれて、うれしい、そんな感情しかない。

〝——かわいそう〟

ふいに、ジャスティーンの心にそんな感情がわきあがった。

かわいそうだ。勝手に作られて、役に立たなかったら勝手に放り出された。誰もいないこの屋敷で、誰も彼をかまわなかった。永い間、一人で、でもきっと寂しいという感情さえも知らないのだろう。賑《にぎ》やかな時間を知らない彼は孤独という概念《がいねん》さえも知らない。人ならば耐えがたいであろう静かな時の流れをただじっと一人ぼっちで生きてきたのだろう。あの遊び相手のいない子供部屋で。

あの部屋はあの宝玉を作った魔術師のなけなしの良心なのかもしれない。せめて退屈しないように。お守り役の人形まで残して。だけどそんなことで許されはしないだろう。

ジャスティーンは歯を食いしばると、ぐっとこぶしを固めた。

「ねえ、レンドリア。さっきのカード出してよ」

「ん？」

外に出たいとか力でねじ伏せるとかそんなことは関係ない。それはきっと何かが違う。それをたとえあの子が望んでいたとしても。

そんなものはゲームでもなんでもない。ただの独りよがりのからまわりだ。

あの子供は本当の意味で遊んだことはないし、そして本当の意味で何も知らない。

ジャスティーンはレンドリアからカードを受け取ると、誰もいない空間に向かって声をかけた。

「ねえ。ゲームをしましょう。あんたがあたし達で遊ぶんじゃなくて、あたし達とあんたで遊ぶの？　意味わかる？　わかんなくてもいいから、あたし達をあの部屋に戻して」

ジャスティーンはもう一度言った。

「あたし達と遊びたいなら、ちゃんと遊ばなきゃだめよ」

すると。

目の前に突如例の扉が現れた。それは先程の子供部屋へと繋《つな》がる扉だ。

友人Bは突然のことに目を丸くしていた。

「うわあ。驚いたなあ。こんなやり方があるなんて」

しばらくぽかんとしていたようだ。それはとても人形とは思えない表情だった。

それから彼はにっこりと笑った。

「おっけーです。クリアです。どうぞ。ゴールです」

扉を示す。

ジャスティーンは扉を開けた。中に入る途中、一度振り向くと。友人Bの姿はいつの間にか消えていた。

代わりに部屋の中に、ダリィとスノゥとシャトーとソールがいた。丸いテーブルにはお茶やお菓子がのっていて、これまでのジャスティーンの苦労をあざ笑うかのようだ。

ジャスティーンは小さくため息をついた。

「何がゴールよ。元に戻っただけじゃない」

それでもジャスティーンはレンドリアのカードを取り出すと、言った。

「さて」

ぐるりとジャスティーンはその場の人々をゆっくりと見回した。ダリィは待ちくたびれたというように、スノゥは、ジャスティーンの無事な姿に少しホッとしているかのよう、そしてシヤトーとソールはいつもの表情で迎え入れていた。

やがて。最後に。

壁の隅にちょこんと座っている子供の姿をジャスティーンは見つけた。

こんなふうに間近でじっくりと目にしたことはない。淡いブルーがかった髪の色と琥珀《こはく》色の瞳の子供。

一緒のテーブルにつくということも知らない子供だ。

ただ興味深げにジャスティーンを見ている。

恐れも、不安もなく、ただ不思議そうに、けれど、じっと何かを待っているような表情だ。

ジャスティーンはその不思議な琥珀の瞳を見つめながら、小さく笑いかけた。

「皆でカードゲームをしましょう」

一瞬、誰もがこんな時に何を言い出したのかという表情になった。

「何を言ってますの、ジャスティーン！　このような時に呑気《のんき》な！」

「そうだよ、オレ達はまだここから出られないんだぞ⁉」

「出るとか出ないとかの話じゃないのよ。とにかく、ゲームよ。スノゥ、あんたまだレンドリアへの借りを返してないんでしょ？　リベンジのチャンスよ。ダリィ、レンドリアは強いのよ。そのレンドリアを破ったら、あんた一気にレンドリアに尊敬されるかもよ？」

ジャスティーンの言葉にダリィとスノゥはすぐさま受けて立った。

ソールはもとよりこのゲームがお気に入りで、シャトーはいつものように、望まればなんでもしてくれる。

あまりこういったゲームに慣れてないジャスティーンはたぶんこの場で一番弱い。

それでも。

「よかったら景品もどうぞ」

いつの間にか消えたはずの友人Bがそこにいた。示しているのはジャスティーン達の用意したプレゼントだ。馬車の中に残してあったはずのものだった。

「それ、伯爵用のプレゼントじゃ？」

「いえいえ。景品です」

あくまでそう言い切る彼は笑顔で。水の伯爵のお気に召さなかったために放り出されたものか、それとも最初から伯爵がそのつもりでジャスティーン達に用意させたのか？

どちらにしても。

（たぶん、皆いらないと思う）

けれど、子供はそれさえも。

好奇心に瞳を輝かせていた。景品もプレゼントも知らない。初めて目にするもの。

（——ああ……）

そうだ。この子は本当に、これまでこんな経験さえも得たことはないのだ。


結局ゲームはレンドリアの一人勝ちだった。こんな時でも手加減しない。

スノゥが悔しそうに何度もトライするが、一度も勝てない。

勝敗の決まったゲームほどつまらないものはない。

それでも。

子供は瞳をきらきらと輝かせていた。

人と交わって遊ぶ。それがこんなに楽しいことだとは彼は知らなかった。

小さな手でカードをまくっては差し出す。手に取る。間違えて教えられて。初めてのゲームのルールを覚えてゆく。

この子供部屋で独りよがりな遊びを繰り返していた中で初めての経験。

楽しい、

楽しい、
楽しい――

きらきらとした目をしていた。

外気から絶たれた純粋培養《ばいよう》の無邪気な子供は生まれてはじめて、人と本当の意味で遊ぶことを知ったのだ。

そしてそれが最初で最後の本当のゲームだった。

楽しい時間はまたたく間に過ぎて。

ゲームの終わりを告げるために。子供は椅子《いす》から立ち上がった。

彼はジャスティーンに一つのものを手渡す。それは小さな琥珀《こはく》のカフスだった。

「これがあんたの本体？」

ジャスティーンが尋ねると少年はこくりと頷《うなず》いた。

初めて会った時からずっとこの子はくすくすと笑っていた。

ジャスティーン達が訪れた時からずっと。

この少年は客人の訪問を最初から楽しんでいたのだ。ただ無知故に客人のもてなし方を知らなかった。だからただ一人ではしゃいでいただけだ。

自分以外の存在がこの屋敷にこんなにたくさん訪れるのは初めてで。

楽しい。

はじめて楽しい。

最初は人間で遊んでみたけど、最後は一緒に遊んでもらった。

最初で最後のゲームだ。

けれど。その夢の時間ももう終わりだ。

造りものの宝玉の寿命は本物よりずっと短い。

ジャスティーンの掌《てのひら》の上の琥珀のカフスがさらさらと雪のように溶けてゆく。

はっとしてジャスティーンが少年を見ると。

少年はバイバイ、と手を振っていた。

淡く淡く、少年の笑い声もその姿と一緒に溶けて消えてゆく……。

★

「寿命だったんだとさ」

リーヴェルレーヴ城に戻ってきたジャスティーンに、スノゥは言った。

どうやらあのあと、鏡で水の伯爵と喧嘩《けんか》しながら事情を聞いたらしい。

友人Bは、あの子供が消えたあと現れず、スノゥは一人で水の伯爵を呼び出したようだ。

「宝玉のくせに、人間の寿命ほどしかないとかさ」

スノゥはあれを宝玉として認めているような口調で言った。

本当は違うものだけど。でもそう認めてやらなければあまりにも報われないと思ったのだろう。

「リィアードはやな奴だけどさ。あれで一応宝玉のことは、多少大切に思ってるんだ。まあ、オレ様に対してはいまいちだけど。レヴィローズとかさ、他の一族の宝玉なのにさ。なんか妙に気にしてたりして」

「うん」

「あいつどうしようもないコレクターでさ。変なもんばっかり集めてたけど、あの屋敷もそうだったみたいだ。手に入れてから由来を知ったみたいでさ。しばらく様子を見てたら、寿命がきてることに気づいたみたいで」

「自分で遊んであげればよかったのに」

「そんな殊勝《しゅしょう》な性格なら誰も困らねえよ」

「それで、あたし達に最後の子守を押し付けてきたのね」

本来なら、あのままほうっておいてもよかったのだろう。人知れずそっと消えていっただけのことなのだろう。それでもあの伯爵も腐っても宝玉の番人だったらしい。

最期《さいご》にジャスティーン達という初めての珍しいおもちゃを与えたのだ。

★

「水の伯爵にもたまにはいいところもあるのねえ」

スノゥがいなくなったあと、ジャスティーンが呟《つぶや》くと。

返事がかえってきた。レンドリアだ。

「百万回に一回くらいはな」

それはほとんど奇跡に近いくらい珍しいこと。

ここでふとジャスティーンは手を腰に当てた。

「それにしてもレンドリア」

ジャスティーンは言った。

「あんた子供相手に本気でやってたでしょう？」

「当たり前だろ？　手加減してやったらただのイカサマだ」

「最後に花を持たせてやろうとか思わなかった？」

「最後に世間の厳しさを教えてやったんだよ」

「あんたって最低」

ぷん、と、ジャスティーンは口を尖らせた。それでも。

「……まあ、いいわ。珍しく今回は途中で消えなかったし」

「今回は途中で逃げるなって馬車に乗る前に言ってたろ?」

「約束?」

「約束したからな」

その言葉にジャスティーンはやっぱり、と心の中で小さく笑った。

(まったく)

いつも気まぐれで人を振り回してばかりのくせに。

たまに——本当に、たまにこうやって見せてくれるやさしさに、ジャスティーンは絆《ほだ》されるのだ。

これこそ本当に。

(百万回に一回よね)

これもまた。奇跡に近いくらい珍しいこと。

イラスト／藤馬かおり

通信制の黄尾高校の保健室には、探偵団の支部がある。その名も東京S黄尾探偵団！　黄尾高校に転校した天野行衡は、「ずるい・きたない・あくどい」を三原則とする探偵団の仲間達とともに、遠慮したいほどに濃厚な高校生活をすごし数々のブラックな武勇伝を打ち立てた。そして卒業後、シェフを目指す行衡のもとに――？

プロローグ

フランス北部。ドーヴィルの海岸に、墨《すみ》書きの幟《のぼり》がはためいていた。

探偵やり〼《マス》

幟の傍《かたわ》らのビーチベッドでは、水着にサングラスのジイさまが寝そべっていた。白髪の土星ハゲに口ひげ。ワンピースタイプを着ているが、筋張って貧弱な体型はあんまりごまかせていない。

陽射しにこんがりトーストされながら、そのジイさま——紀《き》井《い》津《つ》慈《じ》吾朗《ごろう》はつぶやいた。

「どうして、誰一人依頼に来ないんじゃ……」

縦書きに漢字の幟は海水浴客に大人気だが、膝を進めて「じつは」と切り出す者は皆無だ。

「やっぱし、ふらんす語で書かなくちゃダメなのかのぅ。のぅ、菅原《すがーら》」

慈吾朗は、背後を振り向いた。レンタルのビーチパラソルの下には、断固日焼けを拒否している慈吾朗の執事、菅原老人が身を縮めている。

頭からタオルを被《かぶ》った上に、麦藁《むぎわら》帽子。身体《からだ》には大判のバスタオルを巻きつけ、バスタオルの下は麻のスーツだ。

ここにいるのは自分の意思ではないという、わかりやすいアピールである。

もっと言えば、彼がフランスにいること自体も自分の意思ではないのだが――。

「熱中症になっても知らんぞ」と忠告した慈吾朗は、本格的にだだをこね始めた。

「ヒマじゃー。ヒマすぎるぞおううううっ。フィアルカについてパリに来たのは間違いじゃったのか？　いやいやいやいや」

フィアルカというのは、慈吾朗の義理の娘だ。「家族」になったばかりの彼女がパリ在住のため、転がりこむ形で引っ越してきた。

フィアルカとの関係は、それなりに良好だ。手探り状態ながら、共通の「大切な女性」を失《な》くした者同士、支え合えているのではと思う。そのこと自体に不満はないのだが。

「寂しいぞ――う！　わしゃ寂しいんじゃ〰〰〰〰〰〰っ‼」

慈吾朗は本音を、海に向かって力一杯叫んだ。フランスは退屈すぎる。コネもないので、パリ市警の人間を揺さぶって、事件を横流ししてもらうことも出来ない。

「決めたぞ、スガーラ」

慈吾朗はすっくと立ちあがった。ドーヴィルで避暑客と商談中のフィアルカには申し訳ないが、仕方がない。

「だ、旦那《だんな》さま」

なにをする気なのだ、と菅原老人の目が本気で怯《おび》えた。少年時代からつきあいのあるこの「旦那さま」は、ある意味モンスターだ。

しかも外国に来るとたがが外れる傾向にあり、過去には銃撃戦も銀行強盗も複数回経験している。

「決まっとろーが」

目を据わらせた慈吾朗は、握りしめた携帯電話を印籠《いんろう》のようにつきだした。

「第一回同窓会、全員集合じゃ――――っ!!」

①　夏休みだョ、全員集合！

熱々のソース鍋《なべ》が、中身のソースをまき散らしながら厨房《ちゅうぼう》を飛んでいった。その軌跡を追うように、総料理長の罵声《ばせい》が響く。

『なんで気を抜く⁉　焦げたソースなんざ使えるかこのボケがあああっ‼』

鍋はガンと壁に当たり、天野行衡《あまのゆきひら》の足元に転がってきた。拾おうか、と腰をかがめるよりも早く、総料理長の八つ当たりじみた命令が向けられる。

『さっさと拾って洗いやがれ！』

『ウィ！』

ここはフランス料理の厨房だ。フランス語は唯一絶対の言語で、指示も注文通しも悪態も、すべてがフランス語で行われる。

フランス語の「ふ」も知らないまま、行衡がこの戦場に放りこまれて早や三ヶ月半。ちんぷんかんぷんなりにも、何とか相手の意が汲《く》み取れるようになってきていた。

行衡は鍋を流しに運んでたわしを摑《つか》んだ。少しでも焦げが残っていたら、次のソースも駄目になる。丁寧《ていねい》に、かつ手早く洗い上げて、ソース鍋の定位置に戻しておく。

『バカヤロー！　ソテーするジャガイモはどこ行った⁉』

鍋を洗えと命じておいて、総料理長のジャンは、つけあわせの準備が間に合っていないと怒鳴り散らす。

『ウィウィウィウィ！』

行衡は持ち場へ飛んで戻った。ペティナイフを持ち直し、ジャガイモの皮を素早く剝《む》いていく。彼の仕事は、言わば下働きだ。シェフ修業の、はじめの一歩である。

『ちっ、よこせ！』

先輩料理人がジャガイモを入れたザルをひったくってゆく。褐色《かっしょく》のくせっ毛の、浅黒く小柄な男だ。行衡と同じ年の二十一歳だが、四年前からこの厨房《ちゅうぼう》で働いているそうだ。

『ちょっと待って、あと一つ――』

剝き終えて、指示通りに切ったジャガイモをザルに滑りこませようとすると、先輩料理人はさりげなくザルを動かした。厨房の床に、切ったばかりのジャガイモが転がる。薄いブルーの目でそれを追った料理人は、かすかに口元を笑ませて言った。

『おおっと』

すまないでもごめんなさいでもなく、そのまま背を向けるのはいつものことだ。ジャガイモを拾い、洗いに行く背中で、今度は皮付きのジャガイモが入ったバケツの倒れる音がした。

誰かが蹴躓《けつまず》いたのだろう。作業台の下に押しこんであったのに、まったく器用なことだ。

ヨーロッパの小国、ステイラニ公国で王宮の厨房を預かるジャンは、もと三つ星レストランのカリスマシェフだ。偏屈で癇癪《かんしやく》持ち。同業者の立派な推薦状《すいせんじよう》があってさえ弟子を取るのを渋り、それでも門下をくぐった者の腕をけなしまくるのは、業界では有名な話らしい。

そのジャンのもとで、ひょんなきっかけからシェフ修業をすることになった行衡は、ズブの素人《しろうと》で、今春、高校を学校側のお情けで卒業したばかりである。

風当たりがきついだろうことは、はなから承知していた。実際きつかったが、かまっているだけの余裕はない。

毎日、覚えることが山ほどある。盗まなければならない技術もある。

かてて加えて、言葉の壁だ。少しでもフランス語に慣れようと、自由時間はずっとポケットラジオを聞き続けていた。

そのまま寝落ちすることも多く、おかげで、しょっちゅう変な夢を見る。先日は夢の中でヴエルサイユ宮殿にいた。しかも、コルセットで絞《し》め上げ、これでもかと盛りあげた胸《デコルテ》のどこにつけボクロをつけて殿方《とのがた》を誘惑しようかと悩んでいた。

つまり、女性になっていたわけだ。

ラジオの内容につられたのか潜在願望の顕《あらわ》れなのかは、深く考えないことにしている。

ジャガイモを洗った行衡は、そこいら中に散らばったジャガイモも拾い集めて作業に戻った。

全体を監督するジャンは、まるで頭から湯気を立てた雄牛《おうし》だ。厨房を言ったり来たりしながら、オーブンを覗《のぞ》き、煮込まれている豆料理をかき回し、ソースの指を浸して舐《な》めては悪態をつきまくっている。

『魚を出せ！　あと一秒で焦げんだろうが！　豆は味が薄い！　なんだこのソースは！　マディラ酒が効き過ぎだ！』

ジャンはオーブンを開け、豆料理に景気よく塩を振ると、酒の効きすぎたソースはソース係に突っ返した。ちなみに、さっき宙を飛んだソースとこれは、別の料理のものである。

「なんつーか、なまはげを思い出すよなぁ」

行衡は日本語でつぶやいた。『泣く子はいねが～？』と子どもたちを震えあがらせて回る鬼に、形相《ぎょうそう》と行動がそっくりだ。

まあ、なまはげは料理の味を修正して回ったりはしないが。

それにしても、なまはげを連想したのは、二日ほど前に来ていたメールのせいだろうか。

発信者は元アルバイト先の所長・紀井津慈吾朗で、タイトルは『全員集合じゃ――――！』だった。それだけでげんなりして本文も読まず、かまってられるかと放置したままだが、そういやあれはどうなっただろう、と無意識に思い出していたのかもしれない。

「てか、どうなったところで俺《お》りゃあ関係ないけどな」

修業中の行衡には、休みなどないに等しい。遠距離恋愛中の彼女がダメモトで会いに来てくれるというのにさえ、どうやって時間を捻《ひね》りだそうかと悩まねばならないほどなのだ。

ああ、その話も途中で止まったままだな、と思い出す。藍田花音《あいだかのん》は大学が夏休みの間にと言っていた気がするが、具体的なところまで話は決まらなかった。

あの電話って、いつだったろうか。一週間、いや、二週間前？

あいつ、怒ってるだろうな、と胸がしくりと痛んだ。けれど、悪いなと思いながらも、こちらから連絡を返すだけの心のゆとりがない。本気でない。

焦《あせ》りと罪悪感に苛《さいな》まれながらも、行衡は目だけはジャガイモから離さなかった。ペティナイフを操ると、まるで魔法のようにジャガイモの皮が剝けてゆく。いや自分が剝いているのだが。

ふと、厨房のドアが突き開けられたような音が聞こえてきた。今度は誰がミスったのか。

ジャンの言葉に耳を澄ます癖《くせ》がついているので、自然と注意する。が、聞こえてきた怒声に行衡は混乱した。

『なんだ貴様ら〰〰〰〰！　出て行け――――っ‼』

台詞《せりふ》の前半はフランス語、後半は英語だった。明らかに闖入者《ちんにゅうしゃ》に向かって言われた言葉に、ぎょっとした行衡は顔を上げる。

驚きのあまり、顎《あご》ががくんと下がった。

「お――――っす！」

サングラスをヘッドアクセサリーがわりにした栗毛の少女・如月《きさらぎ》みさおが、こちらに向かってきながら行衡に片手を挙げていた。

ウエーブのかかった長い髪は背に垂らされたままだ。ノースリーブのシャツに、ショートパンツ、これ見よがしにさらされた素足よりなにより先に、まずそこに目が行く。

「馬鹿おま、髪しばれ！」

口走った行衡は、みさおとともに現れた砧兵悟《きぬたひょうご》と新田善美《にったよしみ》に拘束《こうそく》された。二の腕を掴《つか》んだ兵悟が「お」と感心するような目になる。

「おまえ。固くなったな、腕」

「そりゃあ毎日、野菜を運んでりゃって言うか、なんでここにみんないるんだよ!?」

彼らの後ろには、全員の高校卒業に際し解散した、東京S《エス》黄尾《きび》探偵団のメンバー全員が、ぞろぞろとくっついて来ている。

意味不明だ。わけがわからない。これは夢だろうか。

「なんで、って、ありがたく思いなさいよねロクガツ」

六月一日生まれだから、六月。なつかしい綽名《あだな》を呼んで、みさおサマは相変わらず高飛車《たかびしゃ》に上から目線でおっしゃってくださるが、なにをありがたく思えというのだ？

全身全霊を捧げている職場に、ズカズカ上がり込まれたというのに？

「決まっとろーが、六月《ロク》ちゃん」

不満が顔に現れたのか、慈吾朗が言った。こんがり日焼けしたジイさんは、イラつかせる目的で着てきたとしか思えない、コミカルな、クラゲと戯《たわむ》れる半魚人模様のアロハシャツだ。

「おぬしに合わせて、すちらににしたんじゃろうが」

カタカナの国名を発音しきれなかった慈吾朗は、「なにを合わせたんだ」とばかりに眉根《まゆね》を寄せた行衡に思い出させる。

「わしゃー、『全員集合』ちゅうたぞ？　一番抜けだしにくいのは、おまえさんじゃないかと思ってのー」

「あのトンチキなメールか？　あれマジだったのか⁉　俺《お》りゃあ、おまえに来んなっていったぞ、じじい！」

行衡はまくし立てた。花音と携帯電話で喋《しゃべ》った数日後だっただろうか、王宮経由で電話口に呼び出された時に、慈吾朗がパリへ引っ越す話を聞いている。

その会話の中で「こっちには来るな」と釘を刺したはずだ。もっとも、人の迷惑など顧《かえり》みないジイさんなのは百も承知だが――。

「まあまあ、六月。ここじゃ、他の人のご迷惑になっちゃうから。ね？」

ごく当然の涼しい顔でカノジョに言われると、おかしいのは取り乱している自分の方なのではという気がしてくる。

「ほいじゃあ、邪魔したのっ！　んまい食事を期待しとるぞうっ」

さわやかに要望を押しつけた慈吾朗が、パチンと指を鳴らした。

とたん、行衡は両脇を抱えられて厨房から連れだされた。足をばたつかせたが、二対一ではかなわない。

「おろせ――！　アホ〰〰〰〰！」

行衡の絶叫を、耳を塞《ふさ》いだ天野五月《いつき》がやり過ごす。彼と行衡は、再婚した両親の連れ子同士という「義兄弟」だ。その後両親は離婚したが、五月はいまも天野姓を名乗っている。

『バカな弟が大変お騒がせしました』

英語で謝罪して、東洋式に頭を下げた。ほかのメンバーについて出て行きながら、盛りつけかけの皿に手を伸ばして、鱒《ます》のポワレをさっとかすめる。

「むふ♡」

頬張《ほおば》って、小鼻をふくらませた。満足そうにモグモグしながら去って行く後ろ姿を、反応できなかった魚係のシェフが呆然《ぼうぜん》と見送る。

『バカヤロ――――がっっっ！　貴様が一番迷惑だっっっ！　魚を返せ！　吐き出せ〰〰〰!!』

罵声《ばせい》を浴びせたジャンが肉切り包丁を投げたが遅かった。

絶妙の間合いでしまった扉が受け止め、ドスンという音だけが虚《むな》しくこだまする。

② それぞれのその後

「しかし大《お》っきくなったのぅ、六月《ロク》ちゃん」

行衡を連行していった先で、彼の胸と腕をなで回しながらしみじみと慈吾朗が言った。

アポなしで一国の王宮に現れたイエローテールの落ち着き先は、行衡の職場である王宮と同じ市内にある避暑目的の離宮だった。

『避暑目的』というのは、まあ方便だ。その昔から、奥さんと喧嘩《けんか》した大公が追いだされて逃げこんだり、こっそり愛人を住まわせてみたり、はたまた前王朝最後の大公の、最期《さいご》の場所に選ばれたり……と、じつに多様《フレキシブル》に使われてきている。

約三年前からは、イエローテールご一行様の滞在場所にもなっていた。喫煙者《きつえんしゃ》と禁煙者が快適に過ごせる、専用の居間まであったりする。

その居間で、行衡は久しぶりに会ったジイさんになで回されているのだ。同じ部屋の中に、カノジョがいるにもかかわらずである。

「〰〰〰。だから、力仕事してるからな。日本から持ってった服は、みんな着れなくなったし」

　Tシャツの胸回りと腕回りはパンパンで、逆にジーンズのサイズはダウンした。

「んー、たまらん。この、いがぐり頭のジョリジョリ」

「いやめろって！」

　短く刈った頭を触りまくる慈吾朗を、行衡は払いのけた。気色悪い。

「髪型に気ィ遣ってるヒマがなくなったんだよ。ボウズなら、万一にも抜け毛が料理に入ることもないだろ」

　そんな失態を演じた日には、怒りまくったジャンに冷凍庫に連れて行かれ、大きなフックに首の皮を引っかけられて、牛肉の塊《かたまり》の隣に並ぶはめになる。

「なんか、目つきも鋭くなったしな」

　日本一〈目つきの悪い男〉である兵悟に嬉しそうに言われると、もはやカタギではなくなったような気がしてくる……。

「つうかさ。俺はもういいでしょ？　まだ王宮《あっち》で仕事あるし」

　今頃ジャンは、拉致《らち》られた行衡に激怒しているはずだ。拉致ったイエローテールに、ではない。あくまでも、あの厨房では拉致られた方が悪いのである。

「まあまあまあ、まーまーまー六月《ロク》ちゃん」

　ソファから立ち上がりかけた行衡は、慈吾朗に両肩を摑まれ押し戻された。

「まだ、みんなの近況報告が済んどらんぞー」

「そんなの、ここに来るまでの間にやってんだろ？」

「ほーじゃが、それはおぬしは聞いとらんじゃろ」

「あ、俺。それいいんで別に」

全員が集合に応じた。見る限り元気そうである。近況としては十分だ。

「ツメタいよね……」

へちゃっと、ソファから滑り落ちた五月が、絨毯《じゅうたん》に手を突いてうなだれる。

「ユキヒラ、高校卒業したら、オレたちに興味ないんだって……。ヒドいよね……？」

「ばっおま！」

行衡はダイナマイトの導火線に火をつけるような台詞《せりふ》をやめさせようとした。

が、遅い。

「ロクガツにはがっかりですよ」

投げやりなポーズで善美が横を向いた。その横で、花音は携帯電話をいじっている。

「三ヶ月半ぶりに会ったのにね……」

「そりゃあ、あたしたちはアンタと違って、劇的に変わったりはしてないけどぉ」

みさおは、綺麗《きれい》に塗った爪を検分するフリだ。

「それでも聞くのが、人情ってもんじゃないのんか？」

すがりついて、泣き落としにかかるのは慈吾朗だ。兵悟は一人喫煙《きつえん》スペースで苦笑している
が、行衡の味方になるつもりはないらしい。

「六月《ロク》ちゃん、六月《ロク》ちゃああん〰〰。ワシら、家族じゃないか〰〰」

「わーった！　わかりました！　聞けばいいんでしょ、聞けばっ」

行衡はそう叫ぶと、靴《くつ》を脱ぎ散らかしてソファの上であぐらを掻《か》いた。

どうせもう、ジャンはこめかみをブチ切れさせ、血を噴水させそうなほど怒っているのだ。

さらに五分遅れようが十分遅れようが、無茶苦茶《むちゃくちゃ》な罵声《ばせい》を浴びせられる事実は変わらない。

メンバーはその言葉を聞くなり、態度を変えた。みな、いそいそと椅子《いす》に座り直す。

「ったく……。じゃあ、じじいから言って、次の人を指名してってよ」

促すと、慈吾朗が「むうん」と唸《うな》った。

「なんだよ、その『むうん』ってのは」

「おぬし、うまくなったのう。逃げが」

げふ、と行衡はむせた。見抜かれていたとは……！

「だよね。順番決めるのって、ある意味格付けだもん。これまでの六月なら、何にも考えない
で適当に決めて、もう一騒動起こしたはずだもん」

花音までが、うなずきながらそんなことを言っている。

「ジゴローは、安全牌《アンパイ》だよね。所長だから、一番でもぜんぜんオーケー」

「あー、そか。で、本人に次に喋る人選ばせれば、アンタが文句言われることもないわけか」

分析してみせる五月とは逆に、みさおはようやく納得している。

「……そうですよ。僕ちゃんお外で揉《も》まれてますからね。少しは〈処世術〉ってモンが身についたんです」

それでもこいつらには、いつまで経っても敵《かな》わないのだろうかと、何だか悲しくなってきた。だがイエローテール的には、しょぼくれる行衡は「定番」だ。

全員、見事にスルーして、慈吾朗が近況報告を始める。

「六月《ロク》ちゃんには電話でちっと言ったが、たま子ちんを見つけることが出来たんじゃ」

たま子というのは、三十年前、母親の華子《はなこ》とともに東欧で行方《ゆくえ》不明になった慈吾朗の愛娘《まなむすめ》だ。華子と一緒にテログループの爆破事件に巻きこまれて犯人グループに連れ去られ、人質生活を送っている間に、風邪《かぜ》をこじらせて死亡している。

今年の三月、その埋葬場所が判明したのだ。高校を卒業して、生活が落ち着いたら迎えに行く手はずになっていて、無事再会できたのである。

「いまは、華子ちゃんの隣で眠っとるよ」

華子は紆余曲折《うよきょくせつ》の末、日本に帰国して三年前に亡くなっていた。そのことを探し当て、慈吾朗の長くて昏《くら》い夜に終止符《しゅうしふ》が打たれたのも、今年の三月のことだ。

「ほいで、ワシゃいまは、パリに暮らしとる」

しんみりする空気を吹き飛ばそうというのか、慈吾朗が「羨《うらや》ましかろう？」という口調になった。だが、報告が報告だけに、みんなそう簡単には笑顔が出てこない。

「つーことで、次は兵悟《ひー》ちゃんじゃ」

「ぶっ。なんでこの状況で、俺に振る⁉」

煙草《たばこ》を吹き矢よろしく発射した兵悟がわめいた。

救世主のように、離宮づきのメイドたちが入ってきて、お茶の支度《したく》をしてくれる。

若くて綺麗《きれい》なお嬢さんたちが、ケーキやカップ、ポットを並べている間、兵悟はずっとイライラしていた。

否《いな》――、モジモジしていたと言った方が正しい。その違いがわかるのは、つきあいの長いメンバーだけだ。

メイドのお嬢さんたちはビビリながら支度《したく》を済ませると、全速力で退室していった。

「んで？　兵悟さんは何があったって？」

行衡は意地悪く訊いた。これだけ照れまくるのは、奥さんがらみだと承知の上で、さっき味方をしてくれなかった仕返しである。

兵悟自身はやや中立を守ったのを思うと、半分は腹いせだ。

「…………た」

誰とも目を合わせないようにして、兵悟が早口に言った。聞き取れないとヤジが飛ぶと、やけくそのような大声になる。

「ガキができた！」

「へっ？　兵悟さんと、日名屋《ひなや》センセーの間に？」

日名屋は、兵悟の妻・麻美《あさみ》の旧姓だ。高校を卒業したその日の夜、市役所に駆けこんで、めでたくも婚姻が成立している。

「実は、卒業式の時点では、もう妊娠《にんしん》がわかってたんだって」

キヒヒ、とみさおが嫌らしく笑いながら暴露した。彼女と花音はゴシップが大好きだ。

「えっ、てことは、センセーはそんな状態で、日本とスティラニを強行軍で往復？」

三月の初め、行きも帰りも機内泊のみ、というもの凄《すご》いスケジュールをこなしている。

それから二週間もしないで妊娠が発覚したのなら、当時は妊娠のごく初期だったはずだ。

開いた口のふさがらない行衡の横で、花音がうなずいている。

「愛ってすごいよね。未来の旦那様を卒業させるためなら、どんなことでもしちゃうんだもん」

そう。日名屋麻美は、留年を繰り返す恋人を卒業させるべく、身重の身体《からだ》で（当時は判明していなかったのかもしれないが）、日本から何千キロも離れた異国の地まで馳《は》せ参じたのだ。

「いや、愛っていうか執念？」

どちらにせよ、努力は実ったわけだ。まことに頭が下がる。

「ん。だけでそれってことは、兵悟さんってやっぱりデキ婚——」

十代初めからの十年ほどを暴走族ですごした兵悟だ。ヤンキーと言えばデキ婚。というのが、世間のイメージではなかろうか。

「っせえ！　だあってろあぁ！」

兵悟がもの凄《すご》い勢いで怒鳴った。本人も気にしているのか、地雷だったようだ。

「くそ、もういい！　新田、次だ！」

顔を赤くした兵悟は善美に順番を回した。どうやら、歳《とし》の順で行くようだ。無難である。

「僕ですか？　すいません。僕は、おめでたいニュースじゃありません。母親に押しつけられた婚約者とは破局しましたし、母親とも大喧嘩《おおげんか》して退職しました。いまはまた、所長のところで雇ってもらっています。所長の留守宅の、管理人です」

善美は高校を卒業後、有名書家の実母のもとで、マネジメントを始めたばかりだった。

「まあ、あのママさんじゃからのう」

慈吾朗がフォローした。善美の母・清美《きよみ》は、悪い人ではないのだが、きつい性格で支配傾向がある。

「けっ。あのクソババア。絶縁して正解ですよ」

善美が毒づいた。普段は温和なのだが、実母が絡むと感情の制御が効かなくなるらしい。

「んじゃあ、今回、サナちゃんはどこに預けてきたの?」

サナは善美の一人娘で、今年小学校に上がった。いままでは、仕事で家を空ける時は実家を頼ってきたのだが――。

行衡の何気ない疑問に、善美が白っ茶けた表情になり横を向く。

「……実家です」

自立しきれていないという、痛いところを突かれてしまった。善美は自嘲《じちょう》めいた薄ら笑いを浮かべながら「メイ」と五月に話を振った。

「はーい」

お馬鹿さんじみた、元気のいい挙手を返す。というか、そこから入らないと始められないなんて、なんて面倒くさいヤツなのだろうか。

「オレは大学院進学をヤメましたー」

「むわじ?」

マジ? と行衡は訊き返した。アメリカに戻ったのは大学の修士課程に復帰するためじゃなかっただろうか。

「じゃあおまえ、いったいいま何してんだよ」

「ニューヨークに住んでる。こっちにくるまで、みさおとカノンが遊びに来てて、ここへは三人で来たのー」

「そうなのか⁉」

カレシだというのに、行衡はちっとも知らなかった。

罪悪感に胸を疼《うず》かせていると、五月から花音に順番が回る。

「あたしは、いま大学の夏休みです。で、たぶん留年決定」

「ぶー⁉」

落ち着こうと口に含んだお茶を、行衡は思いきり噴きだした。

「ちょっと！　アンタのそういうの！　いつになったら直んのよ⁉」

しぶきをよけながらみさおが抗議したが、行衡はそれどころではない。

「留年って、何で？　おまえ、大学の授業くらい楽勝だろ？」

中学生時代、三年間の総登校日数が六十日だったというのに、試験の成績は常に上位に食いこんでいたお人だ。大学だって、某《ぼう》有名私立に楽々お合格《うか》りあそばしている。

「大学の授業はね。でも、出席不足はいかんともしがたくってねえ」

「授業、行けてないのか？　誰かに嫌がらせされたのか⁉」

訊ねる行衡の口調が真剣味を帯びた。花音の中学時代の不登校の原因はいじめだ。

「ん、大丈夫。それはないから。ちゃんと、友達も出来てる」

「じゃあ何で」

授業についていけていて、友人もいる。それでどうして留年になるほど出席が不足するのだろうか。

「……？　大学デビューか？」

　思いつくのはそのくらいしかなく、行衡は言ってみた。大学に入ってはじけ、遊ぶのが楽しすぎて授業をサボったのかと考えたのだ。

　だが、そう言った途端、みさおが派手なため息をつく。

「サイアク。アンタ、ぜんっぜんわかってない」

「さおちゃん！」

　花音が制した。声が焦っている。

「？？？　僕ちゃんのせいなの？　なんか悪いことした？」

「そうじゃないから。あたしが上手に時間を使えなかっただけ。さおちゃんも」

　馬鹿なことを言わないでというように、花音がみさおを見た。視線に含むものを感じるのは、行衡のうがちすぎだろうか。

『あとで訊いてみよう』と行衡は心のメモ帳に書きつけた。いまここで続けて問い詰めても、もめるだけで答えは引き出せないだろう。

「で、みさおは？」

　行衡は順番として、最後に残ったみさおに訊ねた。が、心底迷惑そうな顔をされてしまう。

「あたしは家業手伝いですけど」

みさおの実家は質屋を営《いとな》んでいる。今春から、みさおはそこの若者向けのブランド品買い取りを担当していたはずだ。

「入社一年目で、夏休みにニューヨークに行けんのかぁ。優雅だよなぁ」

自分の現状と引き比べて言うと、みさおの眉尻《まゆじり》が跳ね上がった。

「実家だから甘えてるって？　それはすいませんでした！」

「だれも、そんなこと言ってないだろ。いいなぁとは思うけど」

「うらまやしい？」

五月が訊いた。「うらやましいだろ」とツッコミ待ちのわくわく顔をしている。

「はいはい。『うらやましい』でしょ」

うんざりしつつもそう言ってやると、五月が満足げににやりとした。それから、みさおを庇《かば》うようにつけ足す。

「ミサオにも、いろいろナヤミがあるからねー」

悩み。思いつくことと言えば、離縁復縁を繰り返している、元弁護士の恋人の件だけだ。また、なんぞあったのだろうか。で、逃げる意味も籠《こ》めてニューヨークに行っていたとか。

『花音に確認』と心のメモ帳に追記する。

「まあ、高校卒業はゴールじゃないからのぅ」

慈吾朗が言った。ひとつの通過点ではあるけれど、その先にも道は続いている。

「悩みがあって、いろいろ躓《つまず》いても当然……だよな」

「ですよねっ」

行衡のつぶやきに、善美がいきおいよく食いついた。はっと我に返り、半泣きの顔になる。

「すいません。でも、最近ずっと、自分にがっかりすることばかりで」

「そういう時はじゃの、みんなでぱーっと騒ぐんじゃ。ここはすちらにじゃしのー、何したってへーキじゃっ」

「まあな。たぶん、殺人以外ならな……」

なにせ公室が後ろ盾《バック》についている。

「というわけで、なにをしますか?」

善美が訊いた。メンバーの中では良識派だったことを思うと、よほど鬱屈《うっくつ》がたまっているのだろうか。

「やっぱり、スカッとするためには、銃撃戦?」

「そんなもん、せんでいいわっ。銃が撃ちたいなら、ゲーセンへ行けゲーセン!」

みさおの意見に行衡はわめいた。仮装の世界で特殊部隊員にでもなって、モンスターでもゾンビでも撃ちまくればいいではないか。

「その前に、お約束として銀行強盗はどうでしょう?」

善美が提案する。

「なんやそれ！　海外に出たら必ず強盗か⁉　っていうか、スティラニで強盗したって、スリルなんてないぞ？　俺たちが行けば、頭取《とうどり》自らが金庫まで案内してくれるんだぞ？」

少なくとも、ナショナルバンクには、公室の息がかかっている。

「いや。強盗も銃撃戦もやってるだろ。ここはひとつカーチェイスを」

「カーチェイスもしたでがしょーが！　ドイツで！　雪の山道で！」

行衡は兵悟に吼《ほ》えた。あの怖ろしい思いを、忘れたとは言わせない。

「ぱーっと騒ぎたいなら、ショッピングモールで散財すればいいでしょ⁉　グッチでもエルメスでもブルガリでも、じじいの金使って盛大に買いまくりなさいよ！」

「えー」「えー」「えー」と、メンバーが次々に不満の声を上げた。

「えー、じゃのわいっ！　おまえらに暴れられると、俺はこの国にいられなくなるんだ！」

どこへ行っても、「あのクレイジーなヤツらの仲間」と後ろ指をさされるだろう。

「そう？　いられると思うよ？」

「いたたまれないっちゅーんじゃ！　そのくらい、空気読め〰〰〰〰‼」

行衡がこれでもかと声を張りあげると、メンバーがなぜが晴れやかな顔をした。

「？？？　なに？　なんなのっ？」

「んー？　ユキヒラのバヵ声って、いいなぁと思って」

「バヵ声ってなんだ⁉　五月おまー！　罵声《ばせい》というフリして、バカ声って言っただろ⁉」

「やだなぁユキヒラ♡　そんなの気のせい」

そう言いつつ、五月の小鼻がふくらんでいる。

「そんなにニヤついてるくせにか⁉　ごまかせると思うなあああっ」

絶叫にメンバーが耳を塞ぐ。きゃっきゃとはしゃぎながら。

「はー。楽しいね」

「なんか、帰ってきたなぁって気がするよね」

お嬢ちゃんズがうなずき合っている。

カレシを、みんなとグルになってイジって楽しいですか……？

『帰ってきた』って、そういうことで実感するものですか……？

行衡は泣きたくなってきた。こちとら、仕事を中断しておつきあいしているのに──。

もう仕事に戻ろうと思う。ここにいても、疲労度が増すばかりだ。

行衡は無言でドアに向かった。こういう時、引き留めもしないのがイエローテールだ。

「あ、何するか決まったら知らせるからね」

「さいで」

参加なぞするか、と固く心に誓う。

しかし、その二時間後。行衡は厨房《ちゅうぼう》よりふたたび離宮に連れ戻されていた。

超絶不機嫌になっていたジャンにどやされながら、下働きの仕事をこなしていた矢先にだ。

厨房に現れたのは治安部隊だった。

シェフ見習いを一人連れだすのに、暴徒鎮圧《ちんあつ》の時と同じ装備で厨房になだれこませますかスティラニ公室の皆様……！

『やあ。お帰り、ユキヒラくん』

離宮のメンバー専用応接室には、この国の皇太子殿下が妃殿下を連れておなり遊ばしていた。麗《うるわ》しい美貌《びぼう》とは裏腹に、性格が残念（側近談）なランディ殿下。推定アラサー。

妃殿下は行衛の元彼女《モトカノ》、一柳瑞穂《いちやなぎみずほ》だ。三月に生まれた双子も一緒である。

瑞穂つきの女官であるルイズ、さんざんお世話になった殿下の側近のセドリーも一緒だ。

「かわい～！　目が合うと、笑うんだね。あ、くすぐったいもわかるんだ」

ピンクのベビー服を着た赤ん坊をみさおが抱いていた。意外や意外、手つきが慣れている。

「さおちゃん、よく平気だね。怖くないの？」

花音は扱い方がわからないようで、びくびくしている。みさおいわく、友だちが何人も子どもを産んでいて、抱かせてもらっているそうだ。

「女の子が、まつりちゃん。で、こちらが」

善美がブルーのベビー服の赤ん坊をあやしている。男手ひとつで娘を育ててきているだけあって、危なげない。

「アンジェロです。アンジェロの方が、のんびりさんなんですよね～。なんでもまーちゃんが先にやっちゃって」

「おまそりゃー、名付けのせいじゃないのか」

のほほんと言う瑞穂に、行衡は殿下に聞かれないよう日本語で言った。アンジェロ、つまり『天使』と名付けられた子どもよりもまつり（祭）と名付けられた子どもの方が、やんちゃになりそうなものではないか。

しかも、命名はイエローテール。彼らのいう祭りとは『大騒ぎっ。楽しければなんでもいーんじゃっ』というじじいの精神そのものを指している。

瑞穂はそれに肩をすくめることで答えた。同じ王宮で暮らしているのに、顔を合わせるのは久しぶりだ。その間に、ずいぶん雰囲気が『お母さん』になっている。

「なんか、ハハオヤって眩《まぶ》しいのな」

我が子を見つめる瑞穂の眼差《まなざ》しが宗教画の聖母を連想させて、行衡は思わずそう言った。次の瞬間、足を貫く痛みに天井まで飛び上がる。

「の―――――――っっ」

花音《かの》ちゃんが、靴《くつ》の踵《かかと》でこれでもか‼　と踏みつけたのだ。

しまった。忘れていた。僕ちゃんのカノジョは、嫉妬《しっと》深かったのだ。ものすごく。

「すいません！　カノジョの前で元彼女《モトカノ》を褒めたりしませんごめんなさい！」

「よろしい」

腕組みをしてうなずいておいて、花音はしれっと瑞穂に話しかける。

「赤ちゃん、いま五ヶ月くらいだよね。もうお座りとかするの？」

「まだ早いかなぁ。いまはね、手に触るものが面白かったり。おもちゃを舐《な》めたり」

その言葉を裏付けるように、まつりはみさおの髪を一房握って、口に押しこんでいる。

「うっひゃ〜、べとべとだぁ」

声を上げるものの、みさおはそう嫌がっていない。

サベツじゃない？　と行衡は思った。彼の唾《つば》がうっかりかかれば怒髪天《どはってん》、脱いだトランクスはバイオハザード扱いされるというのに……！

「赤ん坊とオトコは違うに決まってんでしょ」

みさおに思考を読まれ、ばっさり斬《き》られた。さいですか。

『みなさんの滞在中のアトラクションなのですが、面白いものがありますよ』

殿下が言った。

『じつは、あなたがたのお力を見こんで、頼みたいことがあるのです。市内に、ここよりももう少し小さな城があるのですが、そこにですね、出るのですよ』

「幽霊かの？　おぬしの国の城は、そんなんばっかじゃのう」

花音の通訳を受けた慈吾朗が言った。じつは、この城にも幽霊が出た。贋物《にせもの》だったが。

『出るのは凶兆です。寝室の天井に人型が浮かぶと、誰かが死ぬんです』

「だとしても、似たようなのんがあったじゃろ。何とかの泉っちゅう」

悪魔が手を入れると煙が上がるという言い伝えのある「ミカの泉」だ。瑞穂の結婚前に、反対派がそれを使って嫌がらせをしている。

とはいえ、古城なんて、幽霊と不吉な言い伝えがセットになっているようなものだ。

「ふーむ。ミステリーイベントか」

慈吾朗があごひげをしごいた。どう考えても、派手さにかける。

『夏ですからね！　日本では、夏にゴーストのことを考えるのが伝統なのでしょう⁉』

皇太子の口調が俄然《がぜん》必死になった。

あー。ご自分の肉体と魂の安寧《あんねい》を守るために来たわけか。

イエローテールが好き勝手をした尻ぬぐいは、当然、公室がする。

国民に頭を下げて回る、ストレスフルな仕事である。

彼らに一度危機を救われると、生涯《しょうがい》その恩に報いなくてはならないのだ。慈吾朗の妻子を探す際、これでもかと貢献したというのに！

行衡は公室に合掌《がっしょう》したくなった。自分も悪の一味なのだが……！

「しゃーないのう」

慈吾朗は皇太子提供のイベントで手を打つと決めたようだった。

「そのかわし、うんとんまいモンを食わせんと、わしゃー承知せんぞ」

『心得ておりますよ。というわけでユキヒラ。今日から君がイエローテール担当料理長だ』

なんですと⁉

『ジャンの許可はすでに得ている。スタッフを数人、部下として割《さ》いてくれるそうだから、彼らを使って仕事をするといい』

『げっ』

行衡は顔色を失くした。一番の下《した》っ端《ぱ》が、料理長として先輩たちを使う⁉

ムリムリムリ、ムリだ。ムリすぎる。

ジャンもジャンで、何を考えているのだろう。もしや、これが先ほど持ち場を離れたことに対するペナルティ？

かかか、かもしれない。というか、そうに決まっている——。

ずーんと落ちこむ行衡をよそに、メンバーからは次々とメニューが上がった。

「フレンチだよね？　あたし、アヒルのコンフィが食べたい！」

「ザリガニのサラダ、もよくない？」

よくない。定番だが、ゆえにごまかしのきかない料理ばかりだ。

牛ヒレのパイ包み、子兎のロースト、パテ、チーズ、グラタン、煮込み、各種グリルの各種ソース添え。知っている限りの料理名を挙げているとしか思えないメンバーを横目に、皇太子が言った。

『じゃ、ユキヒラ。せいぜい頑張りたまえ』

せいぜい、だと！

皇太子は行衡が自分の奥さんの元彼氏《モトカレ》なのが、いまだ許せないのだ。

みみっちい皇太子が、妻子を連れて意気揚々と引き揚《あ》げてゆく。

どうすっかな、俺。

さっそく小城へ向かう準備を始めるメンバーをよそに、行衡は明日からの生活が憂鬱《ゆううつ》だった。

③　謎解きは飽食の合間に？

『卵白《らんぱく》、お願いします！』

エビと白身魚のすり身を混ぜながら行衡は言った。これから作るのは、エビのムースのたねだ。すり身に卵白と生クリームを加え、レモンと塩で味を調えてオーブンで蒸し焼きにする。出来たてはフワフワ、冷めても美味《おい》しく、今日の目玉料理の一つである。

んが。

ジャンに選び抜かれ、急遽《きゅうきょ》小城の調理スタッフとなったシェフたちは、誰一人動こうともしなかった。

作業に追われていたり、夢中だったりで聞こえなかったわけではない。それぞれがカウンターやらラックやらに寄りかかって、澄ました顔をしている。

言わずもがなのガン無視だ。手を止めて行衡が繰り返すと、いつもつらく当たってきていたあの先輩料理人が聞こえよがしに言った。

『おーい、サルがなんか喋ってるぞー？』

サルといえばアジア人の蔑称《べっしょう》。これは欧米各国共通のようである。いくつものニヤニヤ笑いが料理人に応じた。それを受け、先輩料理人が肩をすくめながら続ける。

『サルの発音じゃあ、何言ってるかわかんないよなぁ？』

いや多分、あんたも訛《なま》ってると思いますよ、と行衡は腹の中で言った。たしかに行衡のフランス語はヘタクソだが、それを持ちだした彼だって、フランス語圏外の出身だ。時々、発音がドイツ語寄りになっている。そのくらいはわかるようになった。

とはいえ、指摘する意味はなかった。悪い雰囲気《ふんいき》が、さらに険悪になるだけだ。

『あー、俺やります』

イエローテールのディナーに間に合うように作らなくてはならない料理は山ほどある。なだめすかす時間が惜しくて、行衡はそう言った。正直、役立たずのスタッフなら、いない方がありがたい。

十人前（余分に作るのが、食い意地の張ったジイさんを含む、この団体のお約束である）くらいなら、行衡一人でもどうにかこなせる。まあ、料理と料理の間は、それなりに開いてしまうだろうが。

ちなみにメニューは『シェフおまかせ』だった。残念だが、個々の要望に応じるだけのスキルはない。

行衡は卵とボウルを取りに行った。ドシャン！　とものすごい音で雷が落ちる。午後三時頃から始まった雷雨が、外ではまだ続いているらしい。

行衡はフルスピードで割った。殻《から》の上で黄身を転がし、白身と分けてゆく。

『卵白でーす！』

必要量がほぼ揃《そろ》った頃、カウンターにガラスのボウルが置かれた。あらかじめ準備されていた（らしい）卵白だ。目分量では足りそうである――が、殻まじりだ。

さあどうする、と試すような料理人たちに、行衡は『メルシー』と笑顔で言った。準備されていた方の卵白を使用する。トングはまどろっこしいので、太めの焼き串を箸《はし》に見立てた。

殻をひょいひょいとつまんで捨て、念のため混ぜ物がないか味見をして、すり身の生地に混ぜてゆく。

『あーあ。こんなに白身余らせるなんて、サルは分量もはかれないのかよ』

先輩料理人が行衡の割った卵を批判したので、行衡はすかさずお願いをした。

『メレンゲを作ってもらえますか。この後使います』

『は？　今日のメニューにそんなんないだろ？』

先輩料理人が苛立《いらだ》って返してきた。サルの発音は聞き取れないのじゃなかっただろうか。というのはさておき、行衡はしれっと答えた。

『俺流は使うんですよ』

見習いのくせに、大はったりだ。

さすがの先輩料理人も、これには厭味《いやみ》を返せなかった。むしろ「やれるものならやってみろ」と言わんばかりの表情になり、卵の白身を泡立《あわだ》て始める。

その間に、行衡はお湯を沸かしてチーズをすり下ろした。前菜にもう一品追加だ。やる気ゼロだったほかのスタッフの目に、興味の色が宿った。気持ちの変化を読み取り、行衡はいくつかの指示を出し、そのうちの二つばかりを聞いてもらえた。

どちらも他愛《たわい》ない作業だが、タイムトライアル中の身にはありがたい。

『メルシー！』

とびきりの笑顔に、スタッフの幾人かがばつが悪そうに目をそらす。

『メレンゲ！』

ボウルが作業台を滑ってきた。悔しいことに、申し分のない、きめの細かい泡だ。

行衡はメレンゲを、スプーンで一匙《ひとさじ》ずつすくってお湯に放した。加熱したそれの半分を、急《きゅう》遽《きょ》用意した、チーズを使った前菜の上にのせ、キャビアを散らす。

キャビアは別の料理に使う余りだ。

『前菜、上がりです！』

用意の調った前菜はメイドが運んでいった。行衡はすでに、スープの仕上げにかかっている。

スープは人参《にんじん》のスープだ。本来は生クリームを飾るのだが、それをメレンゲに変更した。

バランスを取るために、スープの味つけのアクセントを強めにする。

横から手が伸びてきて、年嵩《としかさ》の料理人が、スプーンをスープ鍋《なべ》にねじ込んできた。一口くすねて舌を鳴らし、もの凄《すご》い目つきで行衡をにらんだ。

まずかったのか季節が合わなかったのかほかの意見なのか——。感情が読みにくいのでわからない。

『小細工したところで、卵の黄身も余ってるんですけど』

ふたたびいちゃもんをつけたのは、あの先輩料理人だ。行衡はものも言わず、卵黄をボウルから丸呑《まるの》みした。

『黄身なんか余ってませんけれど？』

半目《はんめ》で訊いた。この後にも魚料理、肉料理が控えている。そちらとの同時進行で手いっぱいのところに、黄身なんぞ知るものか。

『生の卵だぞ⁉』

先輩料理人が仰天《ぎょうてん》したが、行衡は次の作業に移っていた。僕ちゃんは日本人なので、生卵を食べる習慣があるのだ。なにか文句でも？

だがまあ、偏見を増す行為かもしれない。考えている余裕はないが。

行衡は全力で働いた。いや、戦った。噴きだした汗で、調理服の中に着ているTシャツはびっしょりだ。

『シェフ。お客様がお呼びですが』

パティシエに仕事を引き継ぐころ、お呼びがかかった。

いまの「シェフ」って、すんごい棘《とげ》がありましたけれど。

まあいいや、と行衡は厨房を後にした。イエローテールがディナーを摂《と》っているダイニングルームに顔を出す。

「お呼びでしょうか」

「へー。そうやってると、あんた、本物のシェフみたいねー」

感心したように言うのはみさおだ。

「みたい、じゃなく本物のシェフですけどっ。見習いだけどさ」

メンバーはどうやら、ディナーを堪能《たんのう》したようだ。空いているワインの瓶《びん》が白赤取り混ぜて五本……。お酒に弱い五月は、すでに出来上がっている。

「おいしかったですよ」と善美が褒《ほ》めてくれた。が、そこで終わりではなく続きがある。

「昔の料理とはずいぶん変わりましたよね。なんか、本物のフレンチみたいでした」

「だから、みたいじゃなくて本物のフレンチなんだってば。見習いが作ったものだけどさ」

「じゃが、メレンゲ入りは一品でよかったのんと違うかの？」

「前菜、スープって連続するのもセンスなさ過ぎ」

慈吾朗、みさおからダメ出しがあった。卵白の消費に躍起《やっき》になったゆえのミスだ。

「しぃましぇん」

もっともだと思ったので、頭を下げた。その行衡に、花音が心配そうに言う。

「みんなおんなじ味だったけど……」

ぐふ、と行衡は内心うめいた。同じ味。これが一番辛辣《しんらつ》な評価だ。

どう返そうか。そう思いながら目が合って、ふと気づく。

「？　なんか、日焼けしてないかおまー？」

「ああこれ？　日焼け止めを塗り忘れちゃって」

失敗した、と花音が舌を出す。

よくみれば、みさお以外の全員がほんのり色づいている。？？？　ナゼだろう？

「今日は、みんなでビーチに行ってきたんじゃ」

楽しかったぞう、と慈吾朗が教えてくれる。

「ビーチ？　スティラニは山国だぞ？」

海岸なんて、隣国の果てまで行かなくては出会えない。

「ましゃか、自家用機を殿下に出させたわけ？」

「さすがに、それはねえよ。リゾートホテルの人工ビーチだ」

できたばかりの高級ホテルの売りなのだそうだ。知らないの、と訊かれたが知らない。この三ヶ月半、ニュースなど気にしている余裕はなかった。

「夕立が来なかったら、もうちょっといられたんですけれどもね」

「綺麗《きれい》だったよ、イナヅマ〜」

残念そうな善美にうなずきながら、五月が言う。さいでっか、と行衡は思った。厨房に窓はないから、雷鳴を聞いただけなのだ。

「っていうか、なんでビーチでくつろいでたのよ？　この城の謎を解くんじゃなかったの？」

「「ああ、あれ」」

ヒジョーに気乗り薄の言葉が全員から返ってきた。殿下の手前、それで手を打つことにはしたが、地味すぎてつまらないのだろう。

「心配せんでも、そのうちやるから大丈夫じゃー」

「とか言ってさ、帰る日の朝にちょこちょこっと調べて『無問題じゃ』って言って逃げるだけのつもりじゃねえだろうな」

「ほー。よくわかるのう、六月《ロク》ちゃん」

「あのなあ、じじい。も少し恩を感じろよ？　華子さんとたま子ちゃんの件では、ずいぶん力になってもらってるだろ？」

行衡はため息をついた。「ほらほーじゃが」と同意するものの、ジイさんの尻は重い。

「とにかく明日！　調べるだけでも調べなさいっ。いい？　わかった？」

「かーちゃんみたいだのう、六月《ロク》ちゃんは」

「かーちゃんでかまいません。いいから、やるのっ」

「えー。明日はショッピングモールの完全制覇《せいは》を狙ってるんですけどぉ」

ブーイングを出したみさおに、行衡はわめいた。

「お店が開くのは十時からですっ。早起きすれば、ずぇんずぇん間に合うでがしょうが！」

「は？　あたしに早起きしろって？　だったらアンタ、超豪勢な朝食をつくりなさいよね？」

みさおに凄《すご》まれ、行衡は内心顔をしかめた。

ただでさえハードワークなのに、さらに自分の首を絞《し》めてしまった。

だがしかし。ここで退いたら、こいつらはタダメシを食ってだらだらしただけで帰国するかもしれない！

なんとかせねば。いやべつに、公室としては、迷惑がかからないのなら、謎が未解決だろうとなんだろうとかまわないのだろうが、元イエローテールの良識派としては、そんないい加減なことは許せない。

「俺が朝食つくったら、おまいらはちゃんと調査するんだな？　いいな？　絶対だな？　やるんだな？」

たたみかけるとみさおがたじろぎ、それを隠すかのように受けて立つ。

「いいわよ。やったろうじゃない！」

「でもきっと、実際に『やる』のは僕たちですよね——あわわわ！　何でもありません！」

ぼやきかけた善美が、みさおさまにすごまれて震え上がる。

「オレ、ブリオッシュとチョコのクロワッサン。カフェオレとオレンジジュースも」

五月が手を上げてオーダーした。それが呼び水となり、メンバーが好き勝手に希望を並べ立てる。

「わしゃー、卵料理もほしいのう。めーちゃんのメニューに目ん玉焼きを追加で。そいから、本場のソーセージも食べたいぞ。なんと言ったかの。ア——アン……」

「アンドゥイエット？」

眉間《みけん》に皺《しわ》を刻んで思い出そうとする慈吾朗に、花音が助け船を出す。

「ほーほー、ほれじゃっ」

「あたしはぱりぱりのバケットとサラダ、野菜のたくさん入ったスープもつけなさいよね」

スープはレトルトでもいっすか、と行衡はみさおに訊きたかった。はい、駄目ですね。わかってます。

「あたし、さおちゃんと同じでいいや」

花音は謙虚だ。どうせスープを作るなら、何人前でも同じである。

「俺もそれでいい。甘いパンなんか出すなよ。朝っぱらからイライラするからな」

兵悟は甘い物が嫌いだ。

「ぼくは所長と一緒で、でも出来ればパンじゃなくご飯があると……いえ、妄想《もうそう》ですから」

フレンチのシェフに飯を炊《た》けと？　という行衡の目つきを理解して、善美が発言を撤回《てっかい》した。

いや、余裕があれば自分自身のために炊かなくもないのだが……。

「で、お昼はなんか楽しいピクニックメニューにすんのよ」

さらに続いたみさおの言葉に、行衡は耳を疑った。

「はい？　昼はおまーら、ショッピングモールじゃないのかよ？」

「もちろん配達すんのよ、決まってるでしょ？」

「決まってません、決まってない！」

「じゃああんたは、あたしたちにモールのまっずいファストフードでお昼をすませろって？」

ええ、出来れば。という言葉を行衡は呑《の》みこんだ。三つ子の魂《たましい》百まで。強い女性には、どうしてもどうしても逆らえない。

「わあん！」

顔に腕を押しつけて泣く行衡をよそに、メンバーはさらに明日のディナーのメニュー検討《けんとう》まではじめた。

「明日の晩はイワナが食べたいのう。小麦粉をつけて、バターでこんがり焼いたヤツじゃ」

「あ、それ美味《おい》しそう。お肉は羊がいい。なんだっけ、赤いソースのかかった――」

子羊のローストの赤ワインソース添えかなにかだろう。

「すいません、僕、羊はちょっと。あと兎とか鳩なんかもあんまり……」

善美が五月に詫《わ》びると、五月は「そう？」とちょっと考える顔になった。

「じゃあ、ぷーらるど・ど・ぶれすは？」

「なんです、それ？」

「ブランド鶏～。ブレスって地方で、決められた餌《えさ》や場所で育てられたやつだけがそう名乗っていいの。味は濃厚。旨味《うまみ》たっぷり超ジューシー」

説明に、メンバーの目が輝いた。

「！　あたしもそれがいい！」

「せっかくだから、色々楽しみたいのう。まずローストじゃろ。そいから煮込み、そいから」

「待て待て待て待て！　おまえは俺に鶏づくしをやれって？」

対応できないと行衡は慌てて止めたが、見事に無視された。

「シチューみたいのもたまらん。チキンカツもいいのう。フレンチじゃないかもしれんが」

「フレンチじゃなくていいなら、鳥わさ、焼き鳥、つくねだろ」

よくないです兵悟さん、よくないですからっ。

棒々鶏《バンバンジー》、油淋鶏《ユーリンチー》と中華の名前まで挙がりだして、収拾《しゅうしゅう》がつかなくなってきた。そのうち、シンガポール・チキンライスや参鶏湯《サムゲタン》も出てくるだろう。

「うーん、シンガポール・チキンライスも美味しいよね。参鶏湯もいいな」

ほらな。

とにかく、明日からはさらなる地獄が待っているようだ。

行衡は、もういっぺん泣いておくことにした。

「わあああんっっ！」

④　ちょっとだけ逢い引き

行衡に艱難辛苦《かんなんしんく》を与えたイエローテールにも、最低限の仁義はあったようだ。

翌朝、早起きをしたメンバーは「いわくつきの寝室」の調査をした。らしい。らしい、と伝聞なのは、行衡はそれに参加せず、皆様の朝食の支度《したく》に追われていたからだった。ピクニック昼食と鶏づくし（フレンチ限定）の晩餐《ばんさん》もさせられることになった厨房《ちゅうぼう》のスタッフからは、大ブーイングである。

寝室の件に話を戻すと、現在使用されていないそこは、もとの主寝室だそうだ。といっても、城の大きさとの関係で、こぢんまりとした三間続きだとか。

手入れの行き届いた、飴《あめ》色の床を持つ寝室には、これといって変わったところはなかったという。

「上にも、なにもないねえ」

天板をはがし、天井裏にあがってきた五月が言った。さすがにそこは埃《ほこり》だらけだったようで、両手にべったりと汚れをつけて戻ってきたらしい。


「六月、いまいい？」

午前九時半。イエローテールご一行様がショッピングモールにおでかけ遊ばし、昼食の用意までのつかの間。花音が小城の厨房にやってきた。

窓のない閉鎖空間から解放され、入り口の脇に座りこんで夏の陽射しを浴びていた行衡は、眠気を吹っ飛ばして立ち上がった。

「花音。おまえ、買い物は？」

「あたしはそんなに興味がないから。それよりも、もしチャンスがあったら、六月と二人きりで喋《しゃべ》れるかなって」

「ぎゅーしていい?」

ムードもへったくれもなく訊いた行衡は、次の瞬間花音を抱きしめていた。

懐かしいにおいがする。けれど、こんなに細くて華奢《きゃしゃ》だっただろうか。花音は真逆の感想を持ったようで、苦笑まじりの声で言う。

「なんか、前よりごつごつしてる」

「ごめんな」

それが二人の距離なのだと思うと、無性に謝りたくなった。しんみり語り合って距離を埋めたい。そう思う一方で、時間を気にする自分がいて、行衡は訊いた。

「おまえの留年って、俺のせいなのか?」

「六月……。二人きりになって三秒で、その話なの?」

「だって。貴重な休憩時間なんだよ。先に訊いておかないと」

「六月のせいじゃなくて。前にも言ったけど、ちょっと時間が上手に使えなかったの」

抱き合ったままなので、花音の身体が小さくこわばるのがわかった。嘘と言わないまでも、方便なのだと察してしまう。

「俺と連絡とるためにか? 何遍《なんべん》も電話くれてただろ?」

折り返せないと承知の発信。もし行衡から返信があるとすれば真夜中で、それは日本の昼間だ。大学生の花音は、講義を受けている時間。

「だからそれは、あたしの勝手で。普通は講義に出席しながら、電話待ち出来るでしょ」

「普通じゃないくらい悩んでたのか？　で、それを俺に相談したくて――？」

花音が答えるまでに、一拍空いた。ああそうだったのだと悟り、行衡は申し訳なくなる。

「ごめんな、ほんっとごめん。俺、自分のことで手一杯で、おまえのこと全然ケアできてなくて」

「いいの。謝らないで、お願いだから。あたし、六月に罪悪感持ってほしくない。いまが踏ん張り時でしょ？　そういう大事な時に、足引っ張るカノジョになりたくないから」

「そう思ってくれるのは凄《すご》く嬉しいけど、だったらせめてメールで打ち明けてくれよ」

まったく返信してなかったくせに、そんなことを言う自分に自己嫌悪だ。

「メール。……書きようがなくって」

「なんで？」

訊ねると花音がためらった。言っていいかとあらためて訊かれ、別れを切り出されるのでは、と胃の中に重い塊《かたまり》が生じる。

「大学の先輩にね、自分を彼氏候補に入れてほしいって」

「告白《こく》られたのか⁉　ダメダメダメダメ、待って待ってちょっと待って、ナシですナシナシ、そんなのナシ！」

慌てて花音の両肩をつかんだ行衡は、その目を見て、早口でまくしたてた。

見つめ返す花音の目がまん丸になり――次の瞬間噴きだす。

「わかった」

はじけるような笑い声のあとで、そう言われた。これって、そういう反応をされること？

「あのー……」

「うん、ごめん。だったら別れようって言われたら、どうしようって思ってたから」

「遠距離なうえに、メール返す時間もとれないからか？」

「うん」

「やっぱ、言えた義理じゃないよな。だけど、おまえがまだ待ってくれるなら俺はこのままでいてほしい気持ちで」

「だから、うん、ってば。大丈夫、あたし、メールの返信なんかじゃ心折れないから」

だけど揺れて不安になったじゃないかという言葉を、行衡は呑《の》みこんだ。そういう状況に花音を追いやったのは、行衡だ。

「もう、ぎゅーっ。ぎゅぎゅぎゅー！」

気の利《き》いた言葉なんて一つも見つからず、ただひたすら抱きしめた。花音を愛《いと》おしく思っている。その気持ちが、少しでも伝わってほしいと念じながら。

と、行衡は背中に肘鉄《ひじてつ》を受けてよろけた。

とっさに花音を庇《かば》いながら振り向くと、あの先輩料理人だ。よろけたフリをして、厨房の入り口近くにいた行衡を押したらしい。

『おっと、失礼』

口先だけの謝罪をして、ドアの向こうに消えていった。

「あの人、煙草《たばこ》吸ってる。こっそり一服してきたんだね」

恋人が押されたせいもあり、花音の口調は非難まじりだ。「こっそり」と言ったのは、うがいや消臭をしてきたからなのだろう。行衡は気づかなかったが、花音の嗅覚《きゅうかく》はごまかせない。

「ジャンは禁止してるんだけどな」

味覚が狂うという、料理人おなじみの理由だ。

「だけど、あいつが帰ってきたってことは、俺ももう厨房《なか》に入らないと」

名残《なごり》惜しいが、時間だ。

本当はちゅーしたかったが、休憩に出ていたほかのシェフたちが戻ってきたので断念する。

代わりに握手をした。ありったけの想いをこめて。

「さおちゃんのことだけど、六月の想像したので正しいと思う」

別れ際、花音がそう言った。元ベンゴシの彼氏と揉《も》めているのではというあれだ。

「あいつも、大変なんだな」

行衡はこめかみを掻《か》きながら厨房に向かった。慈吾朗の「高校卒業はゴールじゃない」という言葉が、やけに胸にしみた。

☆

昼食をわざわざシェフ自ら（公室の車でだが）ショッピングモールまで届けてやったというのに、イエローテールご一行様は、三時にもならないうちに帰って来やがった。

理由は雷雨だ。昨日よりも一時間早く始まったそれのせいで土砂降りになり、とても買い物を続けられなくなったらしい。

それでも「あれを買った、これも買った」と見せびらかすメンバーに、行衡は「ハイハイようございましたね」と応じていた。またしても、食後ダイニング・ルームに呼ばれたわけだが、正直そんなのどうでもよかった。

眠い。一分でもいいから早く、一秒でも余計に寝たい。

「んなことより、〈いわくの寝室〉の方はどうなったんだよ。天井裏に何にもなかったところまでは聞いてるけどさ、五月、おまえのお化け探知機はなんか言ってないのか？」

五月は霊媒《れいばい》体質だ。そのせいで過去に怖い思いをしていて、幽霊関係を苦手としている。

「んー。この城には、オレたちを疎《うと》ましがっている悪意ある霊が二人。それから、オレたちに興味のないのが十五人」

食後のアイスのガラス容器をいやしくほじくりながら、五月が言った。

「そんなにいるのか！」

「ウン。十五人の方は、時々輪になって踊ってる」

なんだそれ。盆踊りの最中にでも亡くなったのだろうか。

「そういや、お城のスタッフからも訊かれましたよ。五十歳くらいの、厨房の方に。噂《うわさ》は知っているでしょうから、不安なんですね」

五十歳くらいというと、行衡が作ったニンジンのスープ・メレンゲ添えに、すさまじい顔をしたあのシェフだろうか。

「で、なんて答えたの？」

言われてみれば、彼の顔色が悪かったような気がする。

「『祟《たた》りじゃ、不幸に亡くなった者たちの祟りじゃ〜』って言っておいた」

「マジすか！」

「ウン」

五月は悪びれもしないが、行衡は謝りに行った方がいいかもしれない。

「でもね、ユキヒラ。オレ、予言していい？」

行衡が許可するはずもなかったが、五月はおかまいなしに言った。

「凶兆、きっと出るよ。この城には、悪いものが渦巻《うずま》いているからね」

そして、その翌日。

昼食の下ごしらえをしていた行衡のもとに、野菜の配達に来た男が噂《うわさ》をもたらした。

『ここは静かだなー。お城の方は、いますごい騒ぎですよ』

掃除《そうじ》に入ったメイドが見つけたそうだ。

天井に、にじむように浮かんだ死の人型を。


夕食の支度《したく》は困難を極めた。

いや、昼食も困難だったのだが、夜はそれに輪をかけて困難だった。

時間が経つにつれ、厨房にもたらされる凶兆の情報が多くなったせいだ。たまたまなのかジャンの嫌がらせなのか、選ばれたスタッフはその手の話が苦手な者が多かった。

彼らが浮き足だった理由の一つは、〈死の人型〉が無差別に攻撃を仕掛けてくるからだった。たとえば公室の人間のみ、などと決まっていれば高をくくっていられるのだが、城で働いている限り、災《わざわ》いの降りかかる可能性は平等らしい。

怯《おび》えるスタッフをまとめるのは容易ではない。ましてや、はなからまとまっていない集団なのだから、余計にだ。

「んー、精彩に欠けるのう」

慈吾朗のダメ出しも辛口《からくち》だった。しかしその通りだ。評価は、甘んじて受けるしかない。

誰よりも遅くまで厨房に残り、最後の片付けまでを終えた行衡は廊下で深いため息をついた。

彼の寝室はイエローテールのメンズと一緒だが、一人だけ行動時間が違うので、付き人の控えの間のようなところで一人寂しく寝ている。

今夜もドア一枚をへだてて、慈吾朗のいびきの爆音が聞こえてきていた。同室のメンズたちは、もちろん耳栓《みみせん》使用だが、そんなものでは遮断《しゃだん》できない気がするのだが――。

「じいさま！　起きて！　大変！　大変なんだから！」

ズボンだけ脱いでベッドに倒れこみ、薄い掛布をひきかぶった途端、みさおの絶叫と扉を激しく叩く音が聞こえた。

ぎょっとして飛び起き、直接廊下《ろうか》とつながっているドアを開けた。

「みさお⁉」

隣室のドアも開いて、寝癖《ねぐせ》頭の兵悟が出てきた。慈吾朗、善美と続いたが、我らが五月ちゃんは現れない。

「花音《かの》ちゃんが」

みさおが声を震わせ、行衡の背に緊張が走る。

「花音⁉」

「花音ちゃんが、倒れた。どうしよう、ぐったりして動かない――」

⑤　詐欺という名のもとに

花音は王立記念病院に収容された。

以前、腕を撃たれた兵悟がお世話になった病院である。病院の方も彼らが何者なのか心得ており、最優先で対応してくれる。

『カンタリジン？』

医師から血液検査の説明を受けた行衡は眉《まゆ》をひそめた。聞いたこともない名前だ。

メンバーが話を聞いているのは診察室だった。間仕切りの奥のベッドでは花音が眠っている。

『カンタリジンは、ある甲虫類の体液に含まれる成分です』

『虫⁉　そんな成分が、なんで花音の血液から出てくるんですか』

ぎょっとした行衡に白髪交じりの髪を束ねた女性医師はこともなげに言った。

『それは摂取したからでしょう。経口《けいこう》摂取だと思いますが』

懐かしい顔だと思えば、兵悟の手術で世話になった医師である。

「つまり、口から入ったちゅうことかの？」

慈吾朗の言葉を五月が訳した。そのとおりだと医師がうなずく。

『胃の内容物を調べたわけではありませんが、通常は虫を粉にしたものか錠剤《じょうざい》でしょう』

「それって、違法なものだったりするの？」

みさおが訊いた。医師の答えは「いいえ」だ。

『カンタリジンは、皮膚《ひふ》に触れると痛みや水疱《すいほう》を生じる場合がありますが、古くは治療に用いられてきました。毒薬としても』

『毒！』

『薬と毒は紙一重《かみひとえ》ですからね。媚薬《びやく》の効果もあるとされていて、そちらのお国ではどうか知りませんが、こちらではそういう薬も出回ってます』

『媚薬ぅ⁉』

行衡は仰天《ぎょうてん》して声を裏返した。同席しているほかのメンバーも絶句している。

『なんでそんなものが』

つぶやきに、医師は軽く肩をすくめると続きを口にした。

『カンタリジン自体は規制薬物ではありませんが、問題は同時に検出されたものの方で』

「なにが出たんじゃ」

『コカイン反応です』

「くそ！」

兵悟がひくく毒づいた。その迫力に医師がびくつきながら説明する。

『実際、よく効くという触れ込みで、闇市場では混合されたものが見つかってるんですよ』

闇市場ということは、非合法のものだ。

『それって、危険なんじゃないんですか』

『もちろん。ですが売る方は、飲んだ人間がどうなろうと知ったことじゃないんでしょう』

「悪党の風上にもおけんのう」

これが、ずるい・きたない・あくどいが行動三原則のイエローテール所長の台詞《せりふ》だ。

『ただ、こちらは規制薬物でして、使用・所持は犯罪になります。残念ながら、我々としては警察に通報しないわけには行かず――』

『って、嘘でしょ？　花音が逮捕されるってことか？』

行衡は胃がでんぐり返りそうになっていた。

「なにかの間違いじゃないの？　そんなの……信じられない」

みさおが呆然《ぼうぜん》と言う。いつもならば逆上してつかみかかりそうなところだが、ショックすぎてそんな力も湧かないのだろう。

〈先生〉

事務員らしい男性が現れて医師を呼んだ。

〈警察の方が見えました〉

スティラニ語だったが、ポリツィうんたらと聞こえた。おそらくスペルはPolizi――で警察だろう。

行衡の推測を裏付けるように、制服姿の警官が現れた。

『こちらの病院から通報を受けましたので、収容された日本人女性を規制薬物所持の疑いで拘《こう》束《そく》します』

抜かりなく英語の話せる警官が入っていた。階級章からすると、上級警官のようだ。

『待ってください！』

奥のベッドに向かおうとする警察官を行衡が制そうとすると、五月が止めた。

『逆らわない方がいい。申し開きは、あとで弁護士をつけてからするべきだ』

警察官に聞かせるつもりだったのだろう。英語を使った五月に、警察官がにっこりしてみせる。

『お利口だね、ぼうや。その通りだよ』

「花音は賢いから、言わなくてもモクヒする。大丈夫だから」

もめごとを起こすなという強い口調に、行衡は拳を握って引き下がった。

上級警官を残し、ほかの捜査員が奥へと向かう。

『大変申し訳ありませんが、宿泊先にも捜査員が入ります』

「そらそうじゃろうの。かまわん。ワシらには、やましいことなんぞないからの」

慈吾朗が顎《あご》を引いて応じた。きっと今頃、部屋には捜査員たちが踏みこんでいるはずだ。

花音が捜査員に連れられて出て来た。手錠《てじょう》がはめられていないことに、ひどくほっとする。

「花音——」

「大丈夫。信じてる、任せたから」

視線が絡み合い、ほどけた。花音を連れ出した捜査員が、後ろ手にドアを閉める。

「ほいで。ワシらはどうするんじゃ？　ここで待機かの？」

慈吾朗の問いを通訳すると、上級警察官がほほえんで首を振った。

『お戻りになってけっこうですよ。ただし、捜査が終わるまで部屋に入れませんし、出国はご遠慮《えんりょ》いただきたいですが』


小城に戻ると、意外や捜査員は引き揚《あ》げたあとだった。

『結局、何も出なかったみたいですね』

城の大広間ではセドリーが待っていた。またしても緊急呼び出しを食らったのだろう。完璧《かんぺき》な身仕舞いに対して、目が真っ赤に充血している。

メイドや、泊まり込んでいる厨房のスタッフも起き出してきていた。みな、小声で何事かをささやきかわしている。

「毎度毎度すまんのう、おぬし」

『いえ。殿下を中心とした要人の尻拭《しりぬぐ》いが、わたしの仕事なわけですから』

『だけどセドリーさん。今回は真面目《まじめ》に俺たちなんにも――』

さっぱりわけがわからなかった。青天《せいてん》の霹靂《へきれき》にもほどがある。

『わたしはもちろんみなさんを信じていますが、薬物はね、我が国では相当マズいんですよ』

万一の時は庇《かば》いきれないというニュアンスだった。「ヨーロッパなのに？」と大麻が合法になっている国を暗にさしてみさおが問うと、セドリーが深刻そうにうなずく。

『いわゆるソフトドラッグに寛容な国もありますが、うちは別です。ただでさえ、小国だから警備がぬるいとなめられているのか、国際的な密輸団にけっこう取引されてますしね』

取引が行われれば、結果的に地元におこぼれも出回る。なので余計に神経をとがらせているのだそうだ。

『ちなみに所持も使用も、最高刑は無期懲役《むきちようえき》ですから』

ヨーロッパでは現在、死刑はほぼ廃止されている。スティラニも遅ればせながら、数年前に死刑は廃止になったそうだ。

と、セドリーの携帯電話が鳴った。かけてきた相手の電話番号を見て眉をひそめた彼は電話に出る。

〈もしもし〉

電話相手の言うことを聞いていたセドリーが、はっと息を呑《の》むのが大きく響いた。

『セドリーさん？　花音になにか？』

訊ねる行衡を制すように片手を挙げたセドリーが、近くにいた衛兵に目配せする。すぐにやってきた二名の方に、セドリーが行衡を突き飛ばす。

〈彼を拘束《こうそく》してください〉

「えっわわっ⁉」

目を白黒させている間に、腕を後ろ手にひねりあげられた。

「ちょっと⁉　ロクガツ⁉」

みさおが両手で口を覆《おお》った。ネイルアートは、夏らしくラメラメだ。

「どういうことじゃの、セドリー」

慈吾朗が険しい声を出したが、セドリーは動じない。

〈王宮の方のあなたの部屋から、薬物が出て来たそうです〉

メイドやシェフたちがざわめいたが、行衡にはちんぷんかんぷんだ。

『なんだって？　英語で言ってよセドリーさん』

『あなたの部屋から薬物のシートが出て来たそうです。いまから検査に回るそうですが、おそらくカノンさんが飲んだものでしょう』

『えっえっ、それってどういうこと⁉　だって僕ちゃんそんなもの知らない――』

規制薬物の入った、非合法の媚薬。

自分ではない。断じてない。スポーツでプロを目指していたことからも、薬物への嫌悪は強い方だ。ましてや、使用するとどうなるかわからないようなものを、大切なカノジョに飲ませるわけがないではないか！

『恋人と、三ヶ月半離ればなれだったそうですね』

『セドリーさん！』

疑われたショックと恥ずかしさで、行衡は声を荒らげた。頬《ほお》が赤く染まる。

『俺じゃない。本当に違う！　だいたい、どうやって飲ませるんだよ!?』

『あなたが飲ませる必要はないでしょう？　カノンさんに渡しておけばいいんですから』

『本気で言ってんの、セドリーさん！　俺じゃないって！　この三ヶ月、休みだってほとんどなかったんだ。どうやって買うんだよ』

『スティラニ中央駅にでも行けば、ものの五分で手に入るでしょう』

『どの人が売人か知ってればね。俺が知ってるわけないってば！』

行衡は必死に言った。が、頑張れば頑張るほど旗色が悪くなるのがわかる。

「じじい！　みんな！　信じてくれないのか!?」

訴えたが、反応は冷たかった。とくに、カノンの親友であるみさおは、嫌悪感を剝《む》き出《だ》しにしている。

「さいってい」

『俺、はめられたんだ』

そうだとしか思えなかった。誰かがカノンに薬を飲ませ、行衡の部屋にシートをおいたのだ。

思わず、先輩料理人を見る。彼は成り行きを楽しんでいるようだった。にやついている。

だが、犯人だと決めつけられなかった。証拠がない。にやにやしているのだって、思わぬ展開に喜んでいるだけかもしれない。

それに、料理を運んだのは女官だ。その中の誰かが、花音の皿に薬を混ぜたとも限らない。

〈つまり、これが呪いに選ばれた死者なのかもしれません〉

セドリーがつぶやいた。英語で言い直す。

『殿下があなたがたに下げ渡した、この城の怪異ですよ。人型が浮き出ると、人が死ぬわけですから』

『死ぬ？　だって最高刑は無期懲役でしょ？』

『仮釈放なしのね。つまり、社会的には完全に死んだ、と定義することも可能でしょう』

凶兆はきっと出る。五月の予言が脳裏《のうり》に甦《よみがえ》った。

「わ――っ！」

叫《し》んだ行衡は暴れ出した。自分の持ち物ではないと証明できなければ、待っているのは鉄格《てつごう》子だ。

「わーっ！　なんでだよ、なんで⁉」

異国の地で、こんな濡《ぬ》れ衣《ぎぬ》で。理不尽だ。そうとしか思えない。

絶望に沈みそうになる中、ハッとした。そう、花音！

『セドリーさん、花音は無関係だ。たとえ俺がどうなったとしても、花音だけは巻きこまないで！　やめて！　お願い！』

『手を尽くしてはみますが……。自分の意思で違法薬物を使用したのだとしたら、なんとも』

『だから、違うんだって！　どうしてわかってくれないいんだよおっ』

身をよじったが、衛兵の押さえつける力は変わらない。先輩料理人のにやにや笑いが痛い。

表で車の止まる音がし、警察官が数人入ってきた。なぜか、王宮総料理長のジャンも一緒だ。こざっぱりとした私服姿である。

さきほど病院に来た上級警察官が、ビニールに入れた薬のシートらしきものを手にしていた。

『簡易検査で、あなたの部屋にあったこれからコカイン反応が出ました。残念です』

部下の警察官が手錠《てじょう》を取り出した。行衛に近づこうとする彼らを、ジャンが生ハムのような太い腕で押しのけると、自分が行衛の前に立ちはだかった。

『ジャン……！』

『この馬鹿野郎が！』

問答無用で平手打ちされる。効いた。口の中が切れたようだ。

『料理人の恥《はじ》だ。クズ野郎は俺の厨房にはいらん。クビだ！』

宣告された。弁解の機会もない。これでおしまいなのかと思うと、涙がにじむ。んが。

『な――んちゃって』


いままでの表情と打って変わって、ジャンがおどけたように舌をだす。

あまりのことに、行衡はついていけなかった。

え――え?

説明を求めてジャンを見たが、彼はくるりとギャラリーを――料理人たちを振り向いた。

『クズ野郎はユキヒラじゃなく、おまえだ。料理に細工なんかしやがって!』

呆然《ぼうぜん》としているスタッフたちに歩み寄ると、あの先輩料理人の胸倉を掴《つか》みあげた。料理人は小柄なので、宙づりにされる。

『シェフ! お、おれは』

『とぼけるだけ無駄だぞクソが! こっちは証拠があって言ってんだ』

〈厨房の隠しカメラが、あなたが料理に異物を混ぜているところを捉えています。あのお嬢さんが食べたとされている料理は実は分析に回ってまして、こちらの薬と同じ成分が検出されました〉

上級警察官の言葉を、セドリーが英語に訳した。合図をすると、衛兵が手をゆるめて行衡を解放する。「そーりー」と詫《わ》びられて行衡は目を剝《む》いた。

ごめんなさい⁉　ごめんなさいって、なに？

「お芝居でしたってことだよ、六月」

「かっ花音ちゃん！　大丈夫なの元気なの？」

自分を拘束《こうそく》したはずの警察官にエスコートされて、花音が入ってきた。どこもかしこも、ぴんしゃんしている。

「あたしが、混ぜ物された料理なんて食べるわけないよ」

そりゃあ、花音の五感は超人レベルだ。薬がたとえ無味無臭に近くても、気づくかもしれないが。

「どうして倒れたフリなんてしたの？　それにあの診察！」

「もちろん、協力してもらったんだってば」

「兵悟さんの手術を担当した顔見知りだから？　あ‼」

訊いている途中で気づいた。あの女医さんは「外科医」だ。倒れた花音に必要だったのは内科的処置のはずで、つまり、出る幕じゃあなかった。

「ジャンさんにね、手を貸してって頼まれたの」

『おまえは、城で出した料理に何度もやってるよな。盛りつけを崩す、指で潰す、皿を汚す、ゴミを入れる』

行衡は目を瞠《みは》った。たしかめるように花音を見ると、うなずきが返る。

料理が行衡の手を離れ、給仕に渡される間のことだろう。だが人目があったはずだ。

『おまえらも同罪だ！　わかってるだろうな！』

怒鳴り散らしたジャンの腕が怒りでぶるぶる震えていた。

行衡は、信じられない思いでいた。見て見ぬフリをしていたのか……。

『俺はそういう外道《げどう》は我慢ならねえんだよ‼』

料理人を揺さぶったジャンが、行衡の比ではない強さで殴《なぐ》りつけた。床に倒れたところを、これでもかと蹴《け》り、踏みつける。

『出ていけ！　クビだ！　二度と俺の前に顔を見せるな！　煙草《たばこ》はやめられない、つまんねえ嫉妬《しっと》から、料理まで汚すヤツなんぞに、シェフを名乗る資格なんてねえんだ‼　ウラアアアア！』

『ジャン、そのくらいで！　ハイハイ、どうどうどう』

セドリーが料理人からジャンを引き離してなだめた。暴走癖もある残念な殿下の飼育員だけあり、その手並みは鮮やかだ。

〈あなたの部屋からも、この薬が出てきました。既成薬物所持の疑いで、逮捕します〉

上級警察官が言い、部下がうずくまる料理人を引き起こして立たせた。被疑者の権利を聞かせ、後ろ手に手錠をかける。

『黄色いサル！　サルのくせに、フランス料理なんて作るんじゃねえ！』

料理人が目をぎらつかせて吐き捨てた。頭から湯気を立てて飛びかかろうとするジャンを、行衡はしがみついて止めた。

『もういいから。俺は気にしてない』

正しくは、気にしていたらやっていけない。悲しいし不愉快だけれど、差別は存在する。

行衡は、料理人の目をまっすぐに見つめた。

『あのメレンゲ、いい仕事だったよ。こんなことになって残念だ』

料理人の顔色が、赤を通り越して黒くなる。蔑視《べっし》していた相手に許される。ある意味、暴力よりもきつい一撃だ。行衡はわかっていて言った。

『！　うるせえっ、おまえ何様だ！』

唾《つば》を飛ばしながらわめく料理人を、警察官が引きずりだした。暴れるのを押さえつけてパトカーに乗せ、警察署へ連れて行くのだろう。

落ち着きを取り戻したジャンは、荒々しく鼻息を吐くとシャツの襟《えり》を直した。そういや、こんな時間だというのに寝癖《ねぐせ》ひとつなくて身ぎれいなのは、登場予定があったからか……。

『あのう、シェフ』

同罪だと断じられた料理人の一人が、ジャンの顔色を窺《うかが》うように口をひらく。ジャンはとりつく島もなかった。目すら合わせずに手を振る。

クビ。あるいは、おまえらも二度と顔を見せるな、だろうか。

ジャンは続いて、行衡のこともじろりとにらんだ。かなりの迫力だ。

『前菜にオレサマメニューをぶち込んだそうだな』

『はっはい』

『スープにもアレンジをしたそうだな』

『しました』

『百年早いわ――!』

怒鳴っておいて、首を縮めた行衡の頭を分厚い手で力強く撫《な》でた。

『うまかったらしいじゃないか』

そう言い置いて、雄牛《おうし》さながらの歩きっぷりで大広間を出て行く。

『ちょっと? ごめんなさいは? さっきの、かなりマジで痛かったんですけど――!』

行衡の叫びは無視され、年嵩《としかさ》の料理人が後に続いた。残りが絶句した――ということは、彼は影の監視役だったのだろうか? そうかもしれない。思い返せば、手を貸してくれたのは、ほとんど彼だ。

いまや料理人たちはうなだれていた。それぞれ顔を背けあって、重い足取りでその場を離れる。メイドたちも解散を決め、そのうちの一人が上級警察官に訊いた。

『花音さんに料理を運んだのは自分で、指定されたからだったそうです。罪になるかを気にしているようですよ』

　通訳してくれたセドリーに、行衡は訊いた。

『なんで、媚薬《びやく》だけ花音指定――？』

『あなたのガールフレンドだと知ったんでしょう。遠方から遊びにやってきた恋人と、違法薬物で熱い夜を過ごそうとした。そういうシナリオだったんじゃないでしょうかね』

　あ、と行衡は思い出す。彼には抱き合っている所を見られていた。

『ばれたら、自分だって足がつくのにね。そんなに六月が憎いの？』

　花音が訊いた。目が、行衡のために怒りに燃えている。

『おそらく怖かったんでしょう。あとから来た東洋人の才能が』

　上級警察官が朗《ほが》らかに近づいてきた。

『それでは、我々はこれで失礼します』

『ご苦労様でした』

　セドリーは顔見知り口調で応じる。そういう縁故で、出動要請をした可能性は高い。

　警察官たちが去り、大広間にはメンバーとセドリーだけが残った。うーん、とのびをした慈吾朗が言う。

「ちゅうわけで、一件落着じゃのー」

「晴れ晴れすんなああああっ。コラ――――――――っっ‼」

行衡は天も裂けよとばかりに吼《ほ》えた。緊張が緩《ゆる》み、いろいろな感情がごちゃ混ぜになって音量調節がきかない。

メンバーがわっと耳を押さえた。広間の玄関脇を飾るはめ込み式のガラスブロックに、ビシビシとひびが入る。

「なんで俺をだますの？　なんで俺だけ、事前打ち合わせがないのっっ？」

「ユキヒラ、ナニをいまさら」

そんなのお約束でしょうと五月にあしらわれ、行衡のこめかみの血管が切れそうになる。

「そもそも、おまえもおまえだ。あんな予言しやがって！」

「んふー？　スリル満点だったでしょ？」

「そんなスリル、いるかっ。約束だって、俺は了解してないぞ！　花音のことだって、本気で心配しただろうがっっ」

「だから、さっきも言ったけど、途中で気づくかと思ったんだってば」

「気づかないよっ。気づくわけないでしょ、あんたのこと心配で心配で！」

反省を促したくて目を見つめ、真剣に語ったが照れられてしまった。

「それは。……ありがとう」

「っか――――！」

照れる所じゃない。そういう話じゃない。そう言いたいのに、うまく言葉が出てこない。

「あのさあ、もっかい整理していい？　さっき、ジャンが料理がダメにされてたって言ってたでしょ。それも黙ってたの？」

行衡は訊いた。厨房に戻ってくる皿は、どれも舐めたように綺麗《きれい》になっていた。

「十人分あったしの。全部がダメにされたんとは違うしのー」

「それに、言ってどうすんのよ、あんた。お皿取り替えて来いって？　レストランでならトーゼンそうするけど、ここでそれやって、作り直すのって誰よ」

みさおに訊かれ、行衡は自分を指さした。

「そうよ、あんたでしょ。無理じゃん。ただでさえ、全部一人でこなしてたのに」

「それもわかってたのか⁉」

「花音《かの》ちゃんがね」とみさおが親友を振り向いた。花音がうなずいて説明する。

「だって、どの料理もおんなじ味、作り手が一緒みたいだったから。シェフがたくさんいるなら、普通は分業だよね？　なのに、全部『六月味』だったから孤軍奮闘なのかなって」

「つまり、花音。あーたの言ってた同じ味って」

「？　もしかして一人で作ってるの？　大変じゃないのかな、大丈夫、って――」

「超辛口コメントかと思ったぞ！」

へこんだ自分が馬鹿みたいだ。

『ジャンが選んだ料理人たち、一度お灸《きゆう》を据えたかったんだそうですよ』

セドリーが言った。

『今回、動向を探るいい機会だと思ったみたいで、相談がありましてね、急遽《きゆうきよ》カメラを仕掛けさせてもらったわけです』

『！　警察の人の言ってた隠しカメラ……！』

疑問に思う余裕はなかったが、冷静に考えたら変だ。それが、そういう理由だったとは。

「みなさんクビですか？」と善美が訊いた。人ごとながら、失職が気になるのだろう。

『さすがにそこまでは。逮捕された彼は別ですが、あとは本人次第でしょう』

わふ、とセドリーがあくびを噛《か》み殺した。目が合った行衛に、弁解がましく笑ってみせる。

『最近、寝不足が続いていまして。今夜もいろいろ出そろうまで、待機でしたから』

目の充血は緊急招集のせいではなかったようだが、リアル感は増したと思う。

『やってくれるよな、セドリーさん。さっきも凶兆がどうとかって』

『あれはよかったでしょう？　逮捕された彼の油断を誘ってみたんですよ』

自分は疑われていない。そう思えばこそ自由に振る舞うだろう、そのあとの衝撃が大きかろうと考えたそうだ。

『セドリーさん。あなたがそこまでしてダメージを与えなくっても』

というか、行衡にもダメージはあった。とっても。

『わたしも、レイシズムには我慢ならない質《たち》なので。殿下も極刑にせよと息巻いてましたよ』

『ましゃか、あの殿下が？』

『あのかたは、外国人嫁である瑞穂さまを溺愛《できあい》してますから』

なんだ、そっちか。

『さて、みなさん。あともう一つ解決すると大団円なのですが』

そっちも忘れないでね、と釘を刺すセドリーに、こともなげに五月が答える。

『原因は、雨漏《あまも》り』

外壁に問題があって、雨がしみこむのだろうというのが五月の説明だった。

『？　だけど、雨が降ってたのって、前日と前々日の午後だぞ？』

それに、毎回雨のあとならば、気づくのではなかろうか。

『そこがカラクリなんだ。雨水がしみるのには角度的な条件があって、さらに一定の容量をオーバーして初めて、じわじわ天井にしみてきてるみたいなんだよねー』

『だったら、しみが現れると人が死ぬって言うのは』

『単なる偶然。めいびー』

めいびー、つまり「多分」とはいい加減な。

『セドリーさん。そんな単純なことなら、たとえば修理の人とか気づきませんか？』

素人《しろうと》で見つけられるような原因なら、プロなら一目瞭然《いちもくりようぜん》だ。

『ああ、修理とか、入れてないんです』

セドリーの返事に、行衡は耳を疑った。

『それ、リフォームしようとすると工事人が怪我《けが》とか事故とか——？』

『あの寝室はね、過去に惨事《さんじ》があった関係なのか、修理が入れられないんですよ』

『はい？』

『ゴーストいわく、ほっといてちょうだい。アタシたちはずっと二人でいたいの』

声色を女性っぽくする五月に、行衡は訊いた。

『それが、俺たちに悪意を持ってるっていう幽霊二人か？　理由は邪魔するからで、あそこであったのは心中か？』

心中という概念《がいねん》は日本独特のものだそうだが、正解だという。

『五月くん、雨漏りということは幽霊は？』

セドリーがたしかめ、五月は首を振った。

『邪魔さえしなければ、他人にキョーミないみたいなので。あ、でもお花のリクエストがありました』

『飾ればいいんですね？　飾りましょう』

いそいそと言うセドリーに、行衡は背筋が冷たくなる。このゲボクっぷり。じつは、シャレにならないような悪霊だったのではないだろうか。

雨漏りなら外から塞げる、とセドリーは意気揚々《ようよう》と帰って行った。それを見送ったあと、兵悟が行衡に言う。

「明日、シェフは休め。全員で出かけるからな」

「事件も解決したことですし、ね」

善美までそう言うが、事件っていうか騒ぎは、やっぱりイエローテールが起こしたのではと行衡は思う……。

「だけど、なんつーか、ありがとな」

いまを逃したら言えない気がして、行衡は勢いに任せて照れを押し流す。

「新しい場所でうまくやれてないみたいで、そういうの見られるとちょっと悔しいし恥ずかしいけどな」

ようは、職場いじめを受けていたわけだ。

だが、行衡のそんな想いを吹き飛ばすように、慈吾朗が破顔する。

「なんの。おまえさんは、よくやっとるよ」

「〈世界のジャン〉も認めてたしネー」

五月の言い方だと、ジャンはうさんくさい芸人かなにかのようだが。

「きっと、これから味方は増えてくよ」

花音が力を籠《こ》めて言った。そうだ、あの年嵩《としかさ》の料理人だって評価した報告をしてくれたのだから。

「それにわしらも全力でバックアップするからの」

「うちの者《モン》に手ェだすとどうなるか、思い知らせておくんだよな?」

兵悟が笑った。なにげにやる気なのはヤンキーの性《さが》だろうか。

「だけどそれじゃあ俺、いつまでも守られてたらさ——」

「なにを言うか六月《ロク》ちゃん!」

もどかしそうに慈吾朗が地団駄《じだんだ》を踏む。

「ワシらはどこにいたって、家族じゃ。忘れたのか、イエローテール家訓、その四」

「いきなり四!? うえええ、他人に厳しく身内に甘く?」

「その一!」

「戻るのかよ! 使えるものはハナクソでも使え!」

「そうじゃろう?」

ドヤ顔の笑顔に、行衡の気持ちが軽くなってゆく。

そう、使えるものは使え。少しくらい甘えろ。いつかきっと、コネもイエローテールの力も及ばない、一人で立ち向かわねばならない場面がやってくる。

その時までに、精一杯力をためるのだ——!

俺、みんなと出会えてよかった。こいつらと仲間になれてよかった。

熱い気持ちがこみあげる行衡に、慈吾朗が言った。

「つーわけで六月《ロク》ちゃん。腹が減った♡」

あっさりわき起こる夜食コールに、行衡は腹の底からわめき散らした。

「おまえら！　ちったあ俺に、しみじみさせろ〜〜〜〜〜〜〜〜〜〜っっ」

終わり

女神さまのお気の向くまま

前田珠子

宴の前

なんの因果か「世界を守る正義の女神さま」の巫《よ》史《まし》に選ばれた、いたって普通の女子高生・森桜子。少女小説家の姉・桃子の修羅場突破を記念して奮闘するのだが……!?

九州は某《ぼう》県某郡――。

自然溢《あふ》れる喜吉《きよし》町大字杉田《おおあざすぎた》――。

その、あまり多いとは言えない住民の中に、大変特異な体質を持つ人物がいることを、周囲の殆《ほとん》どの住民は知らない。

それもそのはず、その人物は国家最大級の重要人物指定を受けた上、その情報は政府直々に保護――秘匿《ひとく》とも言い換えられる――されているからである。

その人物の名は森桜子《もりさくらこ》。

ほんの一年前ちょっと前までは、普通の県立高校に通う普通の女子高校生に過ぎなかった彼女は、ある日、たった一升《いっしょう》の日本酒によって、それまで抱いていた人生設計を根底から覆《くつがえ》された人物である。

『あなたは異世界からの凶悪な侵入者たちと戦い、この世界を守る宿命の戦士なのです！』

と、突然告げられた――わけではない。

わけではない……のだが。

『あなたは、異世界からの凶悪な侵入者たちと戦い、この世界を守る宿命の女神さまの依《よ》り代《しろ》に選ばれたのです！』

と、告げられたのでは、あまり内容的には変わりがない。

普通の高校生活を送って、普通に受験して、手堅く地方公務員を目指していた女子高生の世界は、その日を境に一変してしまったのだ！

以来、国家権力全開の移動設備を整えられ——自衛隊駐屯地《ちゅうとんち》が比較的近くにあったのが彼女の不幸だった——、高校の出席日数を盾に断ろうとしても、国家権力でなんとでも裏工作できるからと言い切られ、それでもイヤだと拒絶しようものなら、問答無用で美味なる日本酒を口元に差し出されて強制出動と言うことになる。

これは別に、桜子が未成年にもかかわらず大の酒好きだからというわけではなく、最初の不《ふ》意討《いう》ちでとっくに彼女に憑《つ》いてしまった問題の女神さまが大の美酒好きだからなのだ。

美味なる日本酒で女神さまを引っ張り出し、事件解決後には更なる美酒の提供を約束することで、女神さまに『お願いする』というのが、政府の機密機関——もの凄く情けないモノを感じるのは桜子の気のせいではないと思いたい——のやりようだった。

更に言うなら、『お仕事ご苦労様』のお礼も美味しい日本酒で。

世界を守る『女神さま』は、それで満足してしまう。勝手に取り憑かれて、勝手に国内全域自衛隊機で移動させられて、自分の意志などお構いなしに身体を勝手に使われて……受けた覚《おぼ》えのない授業を勝手に受けたことにされて、試験勉強で地獄の塗炭《とたん》の苦しみを味わわされる巫史《まし》たる桜子の苦労などお構いなしだ。

普通であれば、こんな桜子の何より力強い味方になってくれるのは、その家族のはずである……両親は不慮の事故で亡くなって久しいが、彼女には親代わりに育ててくれた姉がいた。

若くして少女小説家としてデビューし、以来それなりのヒット作を生み出し続ける姉のおかげで、桜子が経済的に困ることはなかった。

そう……経済的には。

だが。

経済面を除けば、小説家である姉――森桃子は、桜子にとって鬼門《きもん》に等しい困った人物でもあったのだ。

大事なたったふたりきりの家族であるにもかかわらず、桜子が姉を信用しきれない理由――それは、桃子の性格に起因するのだ……。

※

とある日の明け方のこと――。

見た目中学生にしか見えない女性が、洗い古されたジャージの上下姿で『仕事部屋』と称される小部屋から姿を現した。

疲労困憊《こんぱい》という言葉を絵にしたら、正にこうなるという風情《ふぜい》である。

髪はぼろぼろ、表情はうつろ、かろうじて開いている瞼《まぶた》の奥の瞳に浮かぶのは妄執《もうしゅう》としか呼びようのない光である。

「……布団《ふとん》……お布団……仮眠じゃなくて、しっかり眠れる……お布団……」

ふらふらと怪しい足取りで、ジャージに身を包んだ幽鬼のような童顔女性が怪しい呪文を繰り返しながら、「いつ終わってもいいように」用意された「自分の寝床」を目指して移動する。

「お布団……あたしのお布団……」

その目の下には、黒々としたクマが生じ、ただひたすらに睡眠を希求する眼差《まなざ》しは、邪魔するモノあらば一刀両断《いっとうりょうだん》しかねぬ剣呑《けんのん》ささえうかがわせるものだった。

だが、幸いにも、桃子の求めるモノはちゃあんと用意されてあった。

天日干《てんぴぼ》しされたふくふくのお布団。

幽鬼の形相《ぎょうそう》の桃子が、満足そうにそこに収まり、実に幸福そうに目を閉じた時——。

妹である桜子にとっての、もう一つの受難のゴングが鳴らされたのである……。

※

その朝——。

目覚まし時計でいつも通りの時刻に目を覚ました桜子は、約五日間役目を果たすことなく放り出されていた寝具が、ようやく本懐《ほんかい》を遂《と》げている現場を目撃し、ほっと安堵《あんど》の息をついた。

(よかった、桃姉、原稿上がったんだ……)

仮眠ではなく、きちんと自分の布団にくるまって、幸せそうに眠っている姉の姿を確認して、桜子は本当に安堵したのだ。

自身もとんでもない状況に巻き込まれている桜子だが、姉の桃子《ももこ》もまた以前とは違う状況を示すようになっていることに気づかぬわけではないからだ。

姉である森桃子は、少女小説家である。

以前も締め切り前には徹夜とか徹夜とか徹夜とか当たり前だったし、それでもけろりとしていたから（万年中学生童顔は、体力も万年若者なのね）とか思っていたのだが、どうやらそうではなかったらしいことが最近わかってきたからである。

いつだって元気はつらつ——周囲の都合など知ったことではない。

あたしはあたしの生きたいようにいきるのよ——をもっとーに生きているとしか思えなかった姉のことを、桜子は最近少し違った目で見るようになった。

それは、能天気を絵に描いたような姉が、自分に取り憑いた迷惑な女神と意気投合したことに端を発する。

自分に取り憑いた、いわゆる「女神さま」に意識を乗っ取られた時の記憶は桜子にはない。

だから、「女神さま」と姉である桃子がどんな会話を交わしたのかもわからない。

それでも。

姉の身を包む空気が、何だか柔らかくなったような気がするのは、多分きっと単なる気のせいではないような気がしてしまうのだ。

何というか、とても悔しいけれど、自分が「女神さま」に憑かれてしまって以来、桃子の「能天気ぶり」が、両親が生きていたころに感じられたそれに戻ったような、そんな気がしてならないのだ。

よくよく思い出せば、桃子はよく締め切り前には泣き言を洩らしていた。

「全然まとまらないよぅ……」

「面白くすることは思い浮かぶんだけど、まとめるのは難しいよぉ……」

洩らしていた相手は誰だったか――。

桜子は、思い出せない。

けれど、桃子はさんざん愚痴《ぐち》りながら、それでもいつも締め切りを切り抜けて――いつの間にか、そんな愚痴すらこぼさぬようになっていたから、忘れていた。

本当の桃子は、甘えっ子で、締め切りを乗り切ったことを褒《ほ》めてもらうことを目的に原稿に向かい合うぐらい子供の部分を残した子供で――。

でも、両親が亡くなった時点で、それを切り離してしまったのだ。

自分より幼い桜子を支えるために。

不本意ながら、そのことに桜子が気づけたのは。

厄介事《やっかいごと》としか認識できない「女神さま」に取り憑かれた中でのことだ。

いつも弱音を吐いていた姉が——なのに、いつの頃からか弱音をはかなくなった姉が。

自分のために弱音を封じていた姉が。

それを解放する場所を見つけた。

見つけてくれた。

それは、桜子にとっても、無意識下の心の働きだ。

そうと認識してのことではない。

だが……だからこそ、表層意識の拒絶感を圧しても彼女は現状を肯定し、認め、受け入れているのかも知れない。

※

（あ、ちゃんとお布団に寝てくれてる……ってことは、原稿、終わったんだ）

桜子は姉桃子の生態に誰よりくわしい立場にあった。

だからこそ正確にその事実を把握《はあく》した。

とはいえ、時間は限られている。

田舎《いなか》のバスは高校の始業時間に合わせてはくれないのだ。

（えーっと、ダッシュして三分でバス停到達として、残り十三分引く三分は……うん、まだ十

分はある）

そう計算して、桜子は某《ぼう》政府機関から渡された——押しつけられたとも言う——携帯電話のある番号を押した。

早朝にもかかわらず、コール三回で相手が出る。

「はい、もしもし、川崎《かわさき》ですがっっ」

焦った声を隠しもしない相手を気の毒に思いつつ、桜子としてはこのタイミングしかないということで敢《あ》えて気づかぬふりをした。

多少の申し訳なさはあるものの、何しろ相手は自分を日本酒一本で、それまでの世界から異世界に放り出してくれたも同然の部署の一員だ。

ずいぶん桜子の都合にも融通《ゆうずう》を利《き》かせてくれている自覚だってあるが、それでも自衛隊まで動員して桜子自身の意志を踏みにじっているのも厳然たる事実。

ならば——どうせ、結果的には同じ事になるのなら、最初から巻き込んで協力要請したところで問題はないはずだ。

桜子の真意をこの時知る立場にあったなら、川崎青年はそれこそ血相を変えた「待て、待て、待て、待って下さいっ！」

と絶叫《しび》したに違いないが、何分にも早朝——起き抜けに受けたことで、いつもより危機管理感覚が薄れてしまったらしい。

桜子にとっては、大変ありがたい状況だった。

受話器を前に、にんまりと笑いながら――桜子は申し訳なさそうな口調を装いながら――そう、あくまで演技しながら、だ……困惑から醒《さ》めやらぬ川崎青年に告げたのである。

「桃子姉が修羅場《しゅらば》を抜けました……目の下にクマ作って酷《ひど》いありさまです。大至急、私の手に余らない極上《ごくじょう》食材と極上清酒手配して下さい」

さあ、ささやかながら、宴《うたげ》の準備を始めよう。

原稿から解放された姉のために、桜子は心づくしの宴を用意しようと思っていたのだ、本当に、心の底から。

しかし。

予定は未定、計画と実行の間には齟齬《そご》が生じるもの。

はたして。

後日、桜子は呆然とするしかない惨状を前に、「やるんじゃなかった」と心から後悔することになる。

家中の食器が使用済み状態で「ここはどこの回る寿司屋だ」と思うような惨状《さんじょう》を前に、呑んだ覚えもないのに酒くさい自らの息と二日酔いの頭痛に悩まされながら、しかしながら片付けるのは自分しかいないという状況に立たされる運命の時まで。

あと、三日――。

つづく

榎木洋子●えのき ようこ

10月3日生まれ。天秤座。『特別の夏休み』で1990年下期読者大賞受賞。コバルト文庫に「リダーロイス」「龍と魔法使い」「影の王国」「緑のアルダ」「乙女は龍を導く！」など著書多数。

今回コバルトの企画で懐かしい面子に再会できました。作者もとても楽しかったです。かれらの人生はあの世界でいまも続いてます。読んだ皆さまにも、懐かしさとともに何かをお届けできたらいいなと思います。

高遠砂夜●たかとお さや

12月25日生まれ。山羊座。『はるか海の彼方に』で1992年下期コバルト・ノベル大賞佳作受賞。コバルト文庫に「レヴィローズの指輪」「聖獣王の花嫁」「オデットと魔王の宝珠」など著書多数。

お久しぶりです。チョコレートを食べながら書きました。なんか糖分補給のチョコをあんな感じでモクモク食べたの何年ぶりだろ、と懐かしくて泣けてきました。でもまたレヴィローズの世界を書けて楽しかったです～。

響野夏菜●ひびきの かな

11月20日生まれ。蠍座。『月虹のラーナ』で1991年下期コバルト・ノベル大賞受賞。コバルト文庫に「東京S黄尾探偵団」「ガイユの書」「ダナーク魔法村はしあわせ日和」「鳥籠の王女と教育係」など著書多数。

ブログでは勝手にＳＳなどやってましたが、Ｓ黄尾を本格的に書いたのは９年ぶりです。苦労するかなと思いきや、意外とスムースにあの世界に戻れました。書いている本人も懐かしく、楽しかったです。ありがとうございました。

前田珠子●まえだ たまこ

10月15日生まれ。天秤座。『眠り姫の目覚める朝』で1987年コバルト・ノベル大賞佳作受賞。コバルト文庫に「破妖の剣」「女神さまのお気の向くまま」「聖石の使徒」「天を支える者」など著書多数。

こんにちは、前田珠子です。今回、機会をいただき、久しぶりに「女神さまのお気の向くまま」の番外編を書かせていただきました。相変わらず所帯じみ……もとい、生活感溢れる桜子が書けて楽しかったです。

明咲トウル●あさき とうる

第14回コバルト・イラスト大賞にてCG大賞を受賞。コバルト文庫では「天を支える者」シリーズ（前田珠子・著）、「鏡の国」シリーズ（山本 瑤・著）、「ゴシック・ローズ」シリーズ（小糸なな・著）などのイラストを担当。

私にとって、子供の頃慣れ親しんだ作品がぎゅっと詰まっています。大人になった今、懐かしい気持ちと新鮮な気持ちの両方で出会う事ができるとは。とてもわくわくしています。みなさまは、どんなお気持ちでしょうか。

コバルト名作シリーズ書き下ろしアンソロジー①
龍と指輪と探偵団

COBALT-SERIES

2013年12月10日　第1刷発行　★定価はカバーに表示してあります

著者　榎木洋子
高遠砂夜
響野夏菜
前田珠子

発行者　鈴木晴彦

発行所　株式会社　集英社
〒101－8050
東京都千代田区一ツ橋2―5―10
(3230) 6268（編集部）
電話　東京 (3230) 6393（販売部）
(3230) 6080（読者係）

印刷所　株式会社美松堂
中央精版印刷株式会社

Printed in Japan

ISBN978-4-08-601774-9　C0193